sports world of E-sports world of E-sports world
world of E-sports world of E-sports world of E-sports
E-sports world of E-sports world of E-sports world of
world of E-sports world of E-sports world of E-sports
E-sports world of E-sports world of E-sports world of E-sports
world of E-sports world of E-sports world of E-sports world of
E-sports world of E-sports world of E-sports world of E-sports
E-sports world of E-sports world of E-sports
world of E-sports world of E-sports world
of E-sports world of E-sports world of E-sports
world of E-sports world of E-sports world of E-sports
of E-sports world of E-sports world of E-sports world
world of E-sports world of E-sports world of E-sports
of E-sports world of E-sports world of E-sports world
world of E-sports world of E-sports world of E-sports
of E-sports world of E-sports world of E-sports world
sports world of E-sports world of E-sports world of E-sports
world of E-sports world of E-sports world of E-sports world
E-sports world of E-sports world of E-sports world of E-sports
world of E-sports world of E-sports world of E-sports world of
E-sports world of E-sports world of E-sports world of E-sports
world of E-sports world of E-sports world of E-sports world
E-sports world of E-sports world of E-sports world of
world of E-sports world of E-sports world of E-sports
of E-sports world of E-sports world of E-sports world
world of E-sports world of E-sports world of E-sports
of E-sports world of E-sports world of E-sports world
world of E-sports world of E-sports world of E-sports
sports world of E-sports world of E-sports world

s world of E-sports w
f E-sports world of E-sports world of E-spor
ts world of E-sports world of E-sports world o
of E-sports world of E-sports world of E-spo
orts world of E-sports world of E-sports world
d of E-sports world of E-sports world of E-sp
ports world of E-sports world of E-sports worl
ld of E-sports world of E-sports world of E-sp
ports world of E-sports world of E-sports wor
rld of E-sports world of E-sports world of E-s
sports world of E-sports world of E-sports wo
orld of E-sports world of E-sports world of E-
E-sports world of E-sports world of E-sports w
world of E-sports world of E-sports world of
E-sports world of E-sports world of E-sports w
world of E-sports world of E-sports world of
of E-sports world of E-sports world of E-sports
s world of E-sports world of E-sports world o
of E-sports world of E-sports world of E-sport
ts world of E-sports world of E-sports world
d of E-sports world of E-sports world of E-spor
rts world of E-sports world of E-sports worl
ld of E-sports world of E-sports world of E-spo
orts world of E-sports world of E-sports wor
rld of E-sports world of E-sports world of E-sp
ports world of E-sports world of E-sports wo
orld of E-sports world of E-sports world of E-s
sports world of E-sports world of E-sports w
ld of E-sports world of E-

world of e-sports
BÖSES FOUL

Außerdem von Fabian Lenk im Carlsen Verlag erschienen:

World of E-Sports: Die Falle der Assassinen

Fußballstar – Ein Traum wird wahr

Fußballstar – WM-Fieber

Fußballstar – Champions wie wir

Fußballstar – Kampf um den Pokal

MIX
Papier aus verantwortungsvollen Quellen
FSC® C014496
FSC www.fsc.org

CARLSEN-Newsletter: Tolle Lesetipps kostenlos per E-Mail!

Unsere Bücher gibt es überall im Buchhandel und auf carlsen.de.

Umschlaggestaltung und -typografie: formlabor

Umschlagbilder: shutterstock.com / © jogja.art (1440558389) / © geen graphy (1065028523, 1511932475) / © Skylines (135369749) / © EFKS (516355150) / © Fotosr52 (403370560) / © Richard Peterson (47955700) / © Juergen Faelchle (281529446)

Lektorat: Wiebke Andersen-Oberschäfer

Herstellung: Gunta Lauck

Satz: Pinkuin Satz und Datentechnik, Berlin

978-3-551-58424-3

FABIAN LENK

world of e-sports

BÖSES FOUL

CARLSEN

Was für ein Match!

»SPIEL ENDLICH AB!«, schreit Mick. Mit leicht vornübergebeugtem Körper hat er den Blick auf die Glotze genagelt. Seine Hände umklammern den Controller. Mick wartet auf die Flanke.

Doch was macht sein bester Kumpel Alex, der neben ihm auf der Schlafcouch in Micks winzigem Zimmer hockt und sich ebenfalls wie ein Geier über seinen Controller beugt? Hier ein Dribbling, da ein Übersteiger. Alles ganz nett anzuschauen, aber besonders effektiv ist das nicht.

Doch dann lässt Alex seinen Spieler beschleunigen, und der Flügelflitzer nähert sich der gegnerischen Torlinie. Ein Abwehrspieler rückt raus, um Alex' Flanke zu verhindern.

Mit dem wunderbaren La Croqueta, der nach dem

spanischen Mittelfeldstar Andrés Iniesta benannt ist, lässt Alex den Gegner aussteigen. Dank des ebenso einfachen wie genialen Linienwechsels grätscht die Abwehrkante ins Leere, und Alex' Spieler hat freie Bahn.

»Gib mir den Ball, verdammt!«, verlangt Mick erneut, während der Jubel der virtuellen Fans anschwillt. Mick hat die Glotze, ein altes Modell, mit den Boxen seines PCs verbunden. Die haben definitiv mehr Saft und können seine kleine Bude in einen Fußballtempel mit Hexenkessel-Feeling verwandeln.

»Entspann dich«, presst Alex hervor. Dann kommt sie endlich, die Butterflanke.

Mick reagiert blitzschnell. Er drückt den unteren linken Button zusammen mit der Schuss-Taste. Der Stürmer löst sich vom Verteidiger, steigt hoch – und dann fällt es, das ultimative Traumtor per Seitfallzieher!

Der Jubel wird zum Orkan. Mick reißt den Controller hoch, als würde er den WM-Pokal in den Himmel stemmen, während sich sein Spieler feiern lässt.

»Nicht schlecht«, gibt Alex zu.

Mick klatscht ihn ab. »Dein Assist war aber auch mega.«

Alex nickt nur und greift in die Popcornschachtel, die er mitgebracht hat. Dann gönnen sie sich jeder einen Schluck Cola.

Wow, was für ein Match!, denkt Mick. Sie haben schon mit drei Toren hinten gelegen und jetzt ist ihnen der Ausgleich geglückt. Vielleicht gewinnen sie das Online-Spiel gegen die zwei unbekannten Gamer sogar noch. Es läuft die 80. Spielminute, es bleibt also etwas Zeit.

Mick liebt Fifa, das ist sein Spiel. Es gibt inzwischen schon eine eigene Bundesliga. Manche E-Sports-Stars haben Fifa zu ihrem Beruf gemacht und kassieren bei Vereinen vierstellige Summen monatlich. Ein Traum, dem auch der ehrgeizige Mick nachjagt. Dafür arbeitet er unermüdlich an seinen Skills.

Oft spielt er allein, aber oft auch mit seinem Freund Alex, der wie er in die 6. Klasse geht. Hin und wieder treffen sie sich in der eleganten Villa, in der Alex mit seiner Familie lebt, aber meistens – so wie heute – hocken sie in dieser 60-Quadratmeter-Wohnung. Hier wohnt Mick mit seinem älteren Bruder Raffael und seinem Dad Johannes, den alle Welt nur Jo nennt. Die Bude liegt im vierten Stock eines heruntergekommenen Hochhauses im Markwart-Viertel. Es hat insgesamt zwölf Etagen und der Aufzug funktioniert nur in guten Zeiten. Gute Zeiten gibt es jedoch in dieser Brennpunktgegend eher selten, und daher ist Mick froh, dass sie nicht weiter oben wohnen.

Der Ball rollt wieder und Micks Konzentration gilt allein dem Match. Mick will das Spiel unbedingt noch gewinnen und attackiert den ballführenden Gegner sofort mit einem fairen Tackling, um die Murmel zu erobern. Das gelingt ihm auch. Doch die Gegner stürzen sich wie ein Rudel hungriger Wölfe auf ihn, und Mick sucht nach einer Abspielmöglichkeit.

Und was macht Alex? Der greift in die Popcorntüte.

»Bist du irre?«, pflaumt Mick ihn an.

Doch sein Weckruf kommt zu spät. Schon haben die Gegner den Ball erobert.

»Gute Kicker brauchen gutes Futter«, erwidert Alex betont locker. »Vitamine und so 'n Zeug.«

Mick spürt, wie der Ärger in ihm aufsteigt. Alex, der meistens mit einem Lächeln durchs Leben läuft, ist sein bester Freund, aber seine lässige Art, mit wirklich wichtigen Dingen umzugehen – und ein Fifa-Match ist definitiv ganz besonders wichtig –, nervt Mick manchmal fürchterlich.

Vor allem jetzt, wo am kommenden Wochenende

das Turnier in der Sporthalle ihrer Schule ansteht, für das sich Mick und Alex angemeldet haben und für das sie derzeit trainieren. Bei diesem Wettkampf treten Zweier-Teams live gegeneinander an. Die Startgebühr beträgt 50 Euro. Ein Betrag, der für Mick im Gegensatz zu Alex eine Menge Kohle bedeutet.

Die Siegermannschaft erhält 2000 Euro, und genau die will Mick einsacken. Dafür braucht er einen Partner, der die Sache genauso ernst nimmt wie er, denn jeder Fehler wird bei Fifa umgehend bestraft. Und Alex futtert beim Stand von 3:3 Popcorn!

»Wenn du das beim Turnier machst, fliegen wir in der ersten Runde raus«, knurrt Mick.

»Mach ich schon nicht«, beruhigt Alex ihn und beteiligt sich nun doch am Spielgeschehen, indem er mit einem Verteidiger einen der Gegner rüde umholzt. Konsequenterweise gibt es dafür den gelben Karton.

Mick seufzt leise. Jetzt gibt es einen Freistoß in aussichtsreicher Position für die Gegner.

Die führen ihn blitzschnell aus, es folgen eine gut getimte Flanke und ein wuchtiger Kopfball, der die erneute Führung für das andere Team bedeutet.

»Klasse, Alex, klasse«, grummelt Mick.

Sie haben Anstoß – und Alex zeigt ausnahmsweise mal eine passende Reaktion auf seinen Fehler von gerade. Er startet mit dem Spielmacher ein beherztes Solo, tanzt Popcorn kauend durch das gegnerische Mittelfeld und schickt Micks Spieler mit einem perfekten Steilpass auf die Reise.

Der schüttelt einen Gegenspieler ab wie eine lästige Fliege und hat plötzlich freies Schussfeld, gut zwanzig Meter vom Tor entfernt.

Timed finishing, jagt es Mick durch den Kopf. Du brauchst jetzt ein perfektes *timed finishing*!

Er drückt A, um den Schuss aufzuladen, dann diesen Button ein zweites Mal, und zwar genau in dem Moment, als sein Spieler kurz davor ist, die Murmel zu berühren. Das Timing ist entscheidend, denn sollte der Kicker den Ball bereits berühren, wenn Mick die Schusstaste drückt, verpufft die Aktion: Der Ball landet auf Oberrang C oder – ebenso trostlos – wird ein normaler Schuss, den der Keeper vermutlich halten würde.

Aber Mick macht alles richtig. Was für ein Strahl! Die Kugel jagt ins gegnerische Netz, der Keeper hat sich vergebens gestreckt.

»Perfekt!«, jubelt Alex.

Mick lächelt nur in sich hinein.

Doch wieder kommen die Gegner zurück. Nach einem Schnitzer von Mick, der sich am eigenen Sechzehner ausspielen lässt wie ein Anfänger, steht es 4:5.

Mick ist stinksauer auf sich selbst. Das passiert ihm selten.

»Macht nichts«, tröstet Alex ihn. »Wir gewinnen das noch.«

Und er lässt seinen Worten Taten folgen: Erst gelingt ihm der erneute Ausgleich, dann schlenzt er in der 90. Minute die Murmel herrlich in den Winkel. Gewonnen, sie haben doch tatsächlich noch gewonnen!

»Na, was habe ich gesagt?«, meint Alex und grinst.

Mick atmet ein paarmal tief durch und legt den Controller neben sich. Der drahtige Junge fährt sich durch das blonde, immer leicht widerspenstige Haar. Sein Blick löst sich vom Fernseher und gleitet über die Tapete, die so dringend einen neuen Anstrich braucht – wie die ganze Wohnung. Aber dafür ist kein Geld da.

Micks winziges Reich besteht aus der Schlafcouch, einem wackligen Schreibtisch, auf dem entweder die Glotze steht oder Schulbücher liegen, sowie einem schmalen Kleiderschrank, der über und über mit Postern beklebt ist. Darauf sind Fifa-E-Sports-Stars zu sehen wie Mohammed »MoAuba« Harkous, der für den WM-Titel 250.000 Dollar eingeheimst hat. In Micks Augen eine gigantische Summe, in E-Sports-Kreisen aber eher ein kleiner Betrag. Fifa rangiert in der Rangliste der Preisgelder weit abgeschlagen hinter Games wie Counterstrike, Dota 2, Fortnite oder League of Legends, wo die Weltstars Millionenbeträge kassieren.

Micks Blick wandert nach dem kurzen Ausflug wieder zurück zum Monitor. Was für ein klasse Spiel! Spannend, abwechslungsreich – und in letzter Minute haben sie gesiegt. Dank Alex' Schlenzer. Sein Freund ist manchmal unberechenbar. Er hat Phasen während eines Spiels, wo er es einfach zu locker angeht, wo er zaubern will, anstatt kompromisslos den Abschluss zu suchen. Dann aber wieder folgen von Alex herrliche Soli und Schüsse wie gerade eben. Mit Alex in einem Team zu spielen, ist immer ein Erlebnis – und gegen ihn zu zocken eine echte Herausforderung.

»Bist du bereit?«, fragt Mick ihn.

Alex wirft sich eine Handvoll Popcorn in den Mund. »Noch ein Match?«

»Klar, aber diesmal gegeneinander.«

Alex grinst. »Echt? Willst du dir das antun? Ich ballere dich aus dem Stadion.«

»Das werden wir ja sehen«, erwidert Mick und startet ein neues Spiel. Er nimmt das Team von Bayern München, Alex das von Dortmund. Beide Mannschaften sind etwa gleich stark.

Daher wird auch dieses Match eng. Mal liegt Mick in Führung, mal Alex. Nach 90 Minuten und der anschließenden Verlängerung steht es unentschieden. Also muss das Elfmeterschießen die Entscheidung bringen.

Mick ist kein Freund davon. Wie im wahren Fußball ist ein Elfmeterschießen auch bei Fifa immer mit einer Menge Glück verbunden. Landet der Ball blöderweise am Pfosten? Schickt man den eigenen Keeper ins richtige Eck?

Aber jetzt ist es nun mal so.

Mick beginnt und verlädt seinen Freund. Der erste Elfer sitzt.

Alex gleicht postwendend aus. So geht es weiter, jeder Schuss ist ein Treffer.

Dann folgt der sechste Durchgang.

Bleib cool, ermahnt Mick sich. Er ahnt, dass ein einziger Patzer die Entscheidung zugunsten von Alex bringen kann.

Rechts oben in den Knick, nimmt Mick sich vor. Volles Rohr!

In diesem Moment fliegt die Zimmertür krachend auf, und Mick erschrickt derart, dass er den Schuss versemmelt …

Träume

»NA, IHR?!«, ruft Micks Dad überschwänglich. »Ich habe gute …«

»O Mann!«, unterbricht Mick ihn voller Wut. »Kannst du nicht mal anklopfen? Was soll das? Wegen dir habe ich den Elfer verballert!«

Neben ihm kugelt sich Alex vor Lachen. »Allerdings! Der Schuss ging in die Wolken. Da liegt ja schon Schnee auf dem Ball!«

»Sorry«, murmelt Jo. »Wusste ja nicht, dass ihr gerade zockt. Ich habe wirklich eine tolle Neuigkeit.«

»Jetzt nicht. Erst das Elferschießen«, meint Mick. Er hat ein schlechtes Gewissen, weil er seinen Dad so angefahren hat. Und natürlich interessiert es ihn, was das für eine großartige Neuigkeit ist. Jo ist seit zwei Jahren arbeitslos, sieht man mal von ein paar Nebenjobs ab. Vielleicht hat er eine feste Anstellung gefunden?

Stumm stellt sich Jo neben die Couch und heftet seinen Blick ebenfalls auf die Glotze.

Jetzt ist Alex an der Reihe. »So, Mick, jetzt schieße ich deinen Keeper samt Ball aus dem Kasten.«

Mick erwidert nichts, sondern beginnt mit seinem Torwart auf der Linie herumzuhampeln, um Alex zu irritieren.

Sein Kumpel schießt hart auf die linke untere Ecke, und Mick lässt seinen Keeper mit dem linken Stick und dem A-Button in die falsche Ecke springen. Doch er hat Glück: Die Kugel geht haarscharf am Pfosten vorbei.

Jetzt ist es Mick, der lacht. »Du bist so ein Blindfisch, Alex!«

»Machs erst mal besser«, kontert sein Freund.

Ja, das tut Mick. Er bolzt die Kugel mit vollem Risiko unter die Latte. Jetzt liegt er in Front, und Alex muss den nächsten Elfer verwandeln, um nicht zu verlieren.

Diesmal zielt Alex auf den rechten oberen Winkel, doch Mick hat das irgendwie erahnt: Mit einem hammerartigen Reflex wischt sein Torwart das Geschoss über die Latte – und Mick hat gewonnen!

Er führt vor seinem Freund einen merkwürdigen Freudentanz auf.

»Was soll das sein?«, fragt Alex lachend. »Ein kaputter Fortnite-Move?«

»So etwas in der Art«, erwidert Mick strahlend. Er weiß, dass er nicht deshalb gewonnen hat, weil er besser ist als Alex. Mick hat einfach mehr für den Sieg gebrannt. Er hat ihn wirklich gewollt.

Alex, immer noch gut gelaunt, steht auf und klatscht Mick erneut ab. »Muss jetzt los. Wir sehen uns morgen.«

Alex verabschiedet sich auch von Jo und verlässt die Wohnung.

»Was gibt es denn nun so Spannendes?«, fragt Mick seinen Dad, als die Wohnungstür hinter Alex zugefallen ist.

Jo lächelt vielsagend. »Komm mit. Ich will das auch Raffael erzählen.«

Er geht voraus in das Wohnzimmer, das ihm auch als Schlafzimmer dient. Auf diese Weise haben beide Söhne wenigstens einen eigenen Raum, so klein diese auch jeweils sein mögen.

Das Wohnzimmer ist aber nicht nur Jos Schlafbereich, sondern auch sein Arbeitszimmer. Neben der ausziehbaren Couch steht das Einzige, was in dieser Wohnung einen hohen Wert hat: Jos elektronisches Schlagzeug, ein lackschwarz glänzendes Ungetüm, das fast die Hälfte des Raums einnimmt. »Meine Schießbude« nennt er es liebevoll. Es besteht aus Snare, Hi-Hat, drei Toms, Double Bass Drum, vier Zweizonen-Crash-Becken und einem Digital Ride-Becken. Links neben der Hi-Hat ist das Herzstück des Sets angebracht: ein komplexes Drum-Modul, mit dem der Schlagzeuger unendlich viele Sounds einstellen und programmieren kann. Hier lässt sich auch der Kopfhörer anschließen, sodass das Schlagzeug bei Bedarf nahezu flüsterleise wird – und dieser Bedarf herrscht in ihrem Hochhaus natürlich immer.

Mick hat sich den Kopfhörer einmal aufgesetzt, als sein Dad gerade an der Schießbude zauberte. Ihm wären fast die Ohren weggeflogen. Irre, welche akustische Macht dieses Schlagzeug entfalten kann.

»Hi«, sagt Jo jetzt zu Raffael, der sich mit seinem Handy auf einen Stuhl hinter den kleinen Esstisch gezwängt hat.

Raffael ist wie Mick ein absoluter E-Sports-Fan. Sein Lieblings-Game ist aber nicht Fifa, sondern League of Legends. Auch er träumt von einer großen

Karriere als Pro, er ist megatalentiert und kann auch schon erste Erfolge vorweisen. Mick wäre gerne so gut wie sein Bruder.

Jetzt schaut Raffael, ein hoch aufgeschossener, ernster Typ, vom Handy-Display auf. »Hi«, grüßt er zurück.

Mick und Jo setzen sich zu ihm.

Die Söhne schauen ihren Dad erwartungsvoll an.

»Kennt ihr die Flying Horses?«, beginnt er, während er aufgeregt seine Hände knetet.

»Nö«, erwidert Mick.

»Nie gehört«, meint Raffael.

»Also, das ist eine ziemlich erfolgreiche Band«, sagt Jo. »Die nehmen pro Auftritt siebentausend Euro. Hört ihr: siebentausend! An fast jedem Wochenende sind die Horses im Einsatz: Festivals, Stadtteilfeste, aber auch schon mal große Hochzeiten. Und die suchen jetzt einen neuen Schlagzeuger. Ich darf dort morgen vorspielen …«

»Wie bei einem Casting?«, fragt Raffael.

Jo lächelt gequält. »So ähnlich. Na ja, weil die Truppe so viel gebucht wird, bin ich nicht der Einzige, der den Job will.«

Klar, denkt Mick, der unter dem Tisch schon mal

damit beginnt, die Daumen zu drücken. Das ist nach einer langen Durststrecke endlich mal wieder ein Hoffnungsschimmer.

Jo ist studierter Schlagzeuger, ein absoluter Könner. Bis vor etwa zehn Jahren hat er von der Musik auch ganz gut leben können. Doch die erfolgreiche Band, mit der er damals aufgetreten ist, hat sich nach Streitigkeiten aufgelöst. Gleichzeitig ist Jos Ehe in die Brüche gegangen. Micks und Raffaels Mutter hat die Familie verlassen. Das Einzige, was Mick von ihr geblieben ist, ist ein Foto, das er wie einen Schatz in einer Schublade seines Schreibtisches hütet. Nur ganz selten meldet sie sich noch bei ihnen – an Weihnachten und an seinem Geburtstag. Wenn überhaupt.

Jo hat danach nur noch kleinere Auftritte mit verschiedenen Bands gehabt. Manchmal konnte er auch als Studiomusiker arbeiten, aber immer nur für kurze Zeit.

Der Abstieg begann schleichend, gewann aber immer mehr an Fahrt – bis sie hier gelandet sind, in dieser lausigen Bude. Jos letzter Auftritt ist schon Monate her. Seitdem trommelt er in der Wohnung gegen den Frust an. Allein, ohne Band, mit einem Kopfhörer, damit er niemanden mit seiner Kunst stört.

»Klingt doch cool«, sagt Raffael jetzt. »Hoffentlich klappt es!«

Mick legt seinem Dad die freie Hand auf den Unterarm (die andere ist noch unter dem Tisch beim Daumendrücken). »Du bist der Beste, also wird das hinhauen.«

Jo nickt. »Man muss immer an seine Träume glauben«, sagt er leise.

»Richtig«, meint Raffael. »Deswegen werde ich auch League-of-Legends-Profi.«

Mick strahlt. »Und ich bei Fifa! Das ist mein Ding.«

Jo hebt die Hände, als wolle er einen Elfer halten.

»Macht mal langsam, Jungs«, sagt er, nun ganz wieder der verantwortungsbewusste Vater. »E-Sports ist ja echt eine coole Sache, aber ein Beruf ist das nicht. Das sind doch nur Computerspiele. Ein netter Zeitvertreib.«

Mick lacht auf. »Von wegen! Mit diesem Zeitvertreib verdienen manche Leute Millionen, also viel mehr als die meisten Musiker!«

»Ja, Faker zum Beispiel«, pflichtet Raffael ihm bei.

»Wer?«, fragte Jo.

»Faker heißt in Wirklichkeit Lee Sang-hyeok. Er ist Südkoreaner und Mid Laner in einem berühmten

League-of-Legends-Team. Faker ist schon ein paar Mal Weltmeister geworden und hat über eine Million Dollar an Preisgeldern kassiert. Er hat einen Millionen-Vertrag bei seinem Team und bekommt noch viel Kohle von seinen Sponsoren. Und er hat Millionen von Followern.«

Nun sieht Jo ziemlich ratlos aus, und Raffael setzt nach: »E-Sports ist die Zukunft. Die jungen Leute schauen immer weniger Fußball, sondern E-Sports. Über 200 Millionen Fans verfolgen online die WM-Finals bei League of Legends. Kein Wunder, dass E-Sports ab 2022 auch olympische Disziplin wird!«

»Echt?«, fragt Jo, und Mick wundert sich. Jo ist wirklich ein toller Dad, aber manchmal ähnlich ahnungslos wie die meisten anderen Erwachsenen.

»Ja, echt«, bestätigt Raffael mit Nachdruck.

Für einen Moment kehrt Stille ein. Schließlich ist es Jo, der sie bricht: »Mag ja alles sein, aber es sind doch nur ganz wenige Leute, die damit wirklich Geld verdienen. Ich habe einfach Angst, dass ihr einem Traum hinterherjagt, der sich vermutlich nie realisieren lässt.«

»Wie der Traum vom Erfolg als Musiker?«, fragt Raffael, und Mick sieht ihm an, dass er den Spruch sofort bereut.

Getroffen blickt Jo auf den Tisch.

»Sorry, hab ich nicht so gemeint«, sagt Raffael schnell. »Ich wollte nur sagen, dass beides – Musik und E-Sports – Kunst ist.«

Jo schüttelt den Kopf. »Ich habe zehn Semester studiert, ich habe Abertausende von Stunden geübt – und das tue ich auch heute noch!«

»Meinst du, wir üben nicht?«, fragt Raffael. »Wir investieren auch sehr viel Zeit in unsere Träume. E-Sports kann man inzwischen auch studieren, zum Beispiel in Berlin und München.« Versöhnlich fügt er an: »Du bist, wenn du so willst, auch in dieser Hinsicht unser Vorbild.«

Jo lächelt schwach. »Ich will doch nur, dass ihr nicht enttäuscht werdet.« Dann schaut er Mick direkt an: »Und dass ihr die Schule nicht wegen E-Sports vernachlässigt.«

Mick schweigt. Bei Raffael, der bereits in der 10. Klasse ist, muss sich sein Dad kaum Sorgen machen. Aber bei ihm selbst sieht es nicht gut aus. Seine Noten sind zuletzt wirklich nicht der Knaller gewesen. Doch das liegt nicht an Fifa, sondern an bekloppten Lerninhalten und noch bekloppteren Lehrern, davon ist Mick überzeugt.

Er steht auf und nimmt seinen Dad in die Arme. »Okay, ist angekommen. Ich schaue noch ein bisschen in die Bücher. Und dann haue ich mich hin. Hab dich lieb.«

Sein Vater erwidert die Umarmung. »Gut, ich dich auch.«

SPÄTER LIEGT MICK AUF SEINEM BETT und starrt hinauf zur Zimmerdecke. Er hat das Licht gelöscht. Von der nahen Straße dringt gedämpfter Motorenlärm herein, untermalt von einem harten Rap-Rhythmus.

Mick denkt an das nächste Turnier, das er an der Seite seines besten Freundes unbedingt gewinnen will. Schon übermorgen geht es los. Mick kann es kaum erwarten.

Die 2000 Euro gehören uns!, sagt er sich.

Dann fällt ihm sein Dad ein. Das Casting. Und zum zweiten Mal an diesem Tag drückt Mick ihm ganz fest die Daumen.

Das kalte Paradies

MICK IST SPÄT DRAN. In zehn Minuten beginnt die erste Stunde. Er jagt die Stufen hinunter. In der dritten Etage hört er ein Keifen, dann ein Brüllen. Die Wiegands streiten sich mal wieder. Eine Etage tiefer wehen Klänge einer Operette durch eine Tür, gefolgt von Kinderlachen aus der Wohnung der Korkuts. Fast wäre Mick über einen Haufen Schuhe gestolpert, der sich im ersten Stock neben der Wohnungstür einer Großfamilie türmt.

Schließlich hat er das Erdgeschoss erreicht: das Reich des bösen Drachen – in Gestalt der alten Göderlein, deren einziger Lebenszweck im Überwachen der Hausordnung zu bestehen scheint.

Die etwa Siebzigjährige späht durch einen Spalt ihrer blitzsauberen Tür, und als Mick an ihr vorbeihechten will, plärrt die Göderlein ihn an: »Dein Vater hat das Treppenhaus nicht richtig geputzt!«

Mick beachtet das dürre Wesen gar nicht. Bestimmt ist diese Ziege in Wirklichkeit schon ein paar Jahrhunderte tot und ihr Skelett wird nur noch von ihrem grauen Kittel zusammengehalten.

Die schwarzen Augen in dem verhutzelten Gesicht durchbohren ihn. »Hier muss jeder richtig sauber machen. Auch dein Vater, hörst du! Der hat doch genug Zeit«, zischt sie. »Oder hat er etwa inzwischen Arbeit gefunden? Sollte mich wundern!« Sie stößt ein freudloses, meckerndes Lachen aus.

Ja, hat er!, hätte Mick am liebsten gerufen. Doch zum einen ist das ja noch nicht sicher, zum anderen geht das die fiese Alte nichts an.

Also beißt er sich auf die Lippen, jagt weiter, erreicht den muffigen Keller mit den Schimmelflecken an den Wänden, holt sein Rad und schleppt es ins Erdgeschoss. Die Göderlein hat sich inzwischen aus ihrem Bau gewagt und beobachtet ihn mit unverhohlener Abneigung. »Aus dir wird auch nichts Rechtes, da bin ich mir sicher.«

Wortlos schwingt sich Mick auf sein Bike und strampelt los.

VOR DEM SCHULGEBÄUDE, einem mit Graffiti übersäten Waschbetonklotz aus den 70er-Jahren, sieht er Alex. Sein Kumpel redet gerade mit zwei weiteren Freunden: Pia und Akono, die beide ebenfalls große E-Sports-Fans sind. Pia steht auf Super Smash Bros. Ultimate. Akono, dessen Vater aus Nigeria stammt, ist bei Fortnite eine echte Granate. Manchmal spielen sie alle gemeinsam das jeweilige Lieblingsspiel der anderen.

Rasch schließt Mick das Fahrrad ab und läuft zu den dreien hinüber.

»Hat jemand die Mathehausaufgaben?«, fragt er.

»Ich«, erwidert Pia.

»Ich auch«, kommt es von Akono. »Willst du abschreiben?«

»Wäre super.«

»Das wird knapp«, meint Akono, während er das Heft hervorkramt und Mick gibt.

Mick kniet sich hin und überträgt rasch die Aufgaben und Lösungen in sein Heft mit den Eselsohren und Fettflecken.

Akono und Pia sind schwer in Ordnung. Man kann sich immer auf sie verlassen. Und beide sind richtig gut in der Schule. Akono ist ein echtes Ass in Naturwissenschaften.

Pia hat fast überall Einsen. Dafür muss sie sich nicht einmal groß anstrengen oder eine Streberin sein. Ihr fällt das Meiste einfach so zu. Mick ist manchmal fast ein bisschen neidisch deswegen.

Und selbst bei Super Smash gilt sie in ihrem Freundeskreis als unbesiegbar. Wenn sie aber mal mit Mick Fifa zockt, was ihr auch Spaß macht, bekommt sie regelmäßig eins aufs Dach.

Der Gong ertönt. »Schneller!«, befiehlt Akono.

Prompt verschreibt sich Mick und streicht die letzten Zahlen durch. Entnervt klappt er das Heft zu.

»Lieber die Hälfte als gar nichts«, murmelt er.

Dann rennen sie in das Gebäude.

DIE ERSTEN BEIDEN STUNDEN, Mathe und Bio, verlaufen ohne nennenswerte Zwischenfälle. Das bedeutet, dass die Lehrer Mick nicht abfragen, seine Hausaufgaben auf Vollständigkeit überprüfen oder sonst in irgendeiner Form nerven.

Mick gelingt es, auf geheimnisvolle Weise unsichtbar zu werden. Er versucht, sich auf den Unterricht zu konzentrieren, doch immer wieder schweifen seine Gedanken ab.

Er denkt an Jo und diese Band mit dem komischen Namen, die so fette Gagen einstreicht. Dads Chance.

Ein Blick auf die Uhr über der Tür verrät Mick, dass Jo in zwei Stunden an der Reihe ist. Jo hat Mick mal erzählt, dass er vor jedem Auftritt tierisch nervös ist.

Wieder der Gong. Die erste große Pause. Endlich. Die Schüler fluten aus den Klassenräumen auf den kargen Schulhof.

Mick unterhält sich gerade mit Alex, Akono und Pia über das morgen bevorstehende Fifa-Turnier und die fette Prämie von 2000 Euro, als sie auftauchen: die Darks, eine ebenso kleine wie gefürchtete Schlägertruppe aus der Siebten, die aus drei Jungs und einem Mädchen besteht. Sie alle wohnen wie Mick in dem trostlosen Markwart-Viertel.

Dragan ist der Anführer der Darks, ein gedrungener muskulöser Typ, gerissen und hinterhältig, der ohne Vorwarnung zuschlägt. Dragans ganzer Stolz ist neben seinen Fäusten ein frisiertes Mokick, das er pechschwarz lackiert hat.

Das Mädchen heißt Sherin. Sie ist klein, schmal und auffallend blass. Eine, die man leicht unterschätzt, was man aber lieber lassen sollte, weil sie Dragan in puncto Aggressivität in nichts nachsteht.

Die anderen beiden sind zwei unscheinbare Mitläufertypen, Mick kennt noch nicht einmal ihre Namen.

Das Quartett steuert geradewegs auf sie zu.

»Achtung«, sagt Mick leise.

»Ja, schon gesehen«, erwidert Alex ebenso leise.

Sherin erreicht sie als Erste und geht so dicht an Alex vorbei, dass sie ihn streifen muss.

Sie bleibt stehen und funkelt ihn an. »He, wieso rempelst du mich an?«

»Hab ich doch gar nicht«, erwidert Alex und lächelt entwaffnend.

Sherins Antwort ist eine Ohrfeige. »Du sollst nicht lügen. Steht schon in der Bibel, Alter.«

Alex ist zurückgewichen, doch er kann nicht verhindern, dass Dragan ihn packt.

»Du Penner in deinen Markenklamotten glaubst wohl, dir alles herausnehmen und meine Freundin blöd anmachen zu können, was?«, presst er hervor. Er reißt an Alex' Hemd, sodass ein Knopf abplatzt. »Upps, wollte ich nicht.« Er lacht, und seine Freunde stimmen pflichtschuldig mit ein.

Mick schaut zu Akono und Pia. Ein kurzes Nicken, dann drängen sie Dragan gemeinsam von Alex zurück.

»Uh, Zwergenaufstand. Soll ich euch die Fressen einschlagen?«, droht Dragan.

»Ja, wir machen sie fertig!«, schreit Sherin. In ihren blassblauen Augen brennt ein gefährliches Feuer.

Ihre schrille Ansage ist derart laut, dass ein Lehrer, der gerade Aufsicht führt, zu ihnen rüberschaut.

Nun lässt Dragan die Fäuste sinken. »Glück gehabt, Zwerge.«

»Wirklich schade«, meint Sherin.

Dragan blickt zu Alex und Mick. »Aber morgen seid ihr dran. Vielleicht nicht hier, aber beim Fifa-Turnier. Wir haben uns dort auch angemeldet.«

Umso besser, denkt Mick, dann können sie diesen Flachpfeifen mal zeigen, wer wirklich etwas draufhat. Aber er hütet seine Zunge.

Sherin spuckt vor Alex' schicke Schuhe. »Man sieht sich«, sagt sie. Das klingt wie eine weitere Drohung.

Dann wenden sich die Darks endlich ab.

AM FRÜHEN NACHMITTAG ist Mick wieder zu Hause.

»Und, wie ist es gelaufen?«, fragt er seinen Dad, der sich eine Schürze umgebunden hat und in der schmalen Küche hantiert. Jo versucht immer mal wieder zu kochen. Diese Versuche sind nett gemeint, die Ergebnisse aber leider selten schmackhaft.

Jo strahlt. »Richtig gut!«, verkündet er, und Mick atmet auf. Das sind doch mal wirklich tolle Nachrichten!

»Deshalb gibt es heute auch ein Festessen. Schnitzel mit Pommes! Das magst du doch so gern!«, ergänzt sein Dad und wendet ein Stück Fleisch in der Pfanne. Schwarzer Rauch steigt bei diesem Manöver auf.

»Mist, angebrannt. Das nehme ich. Ich brate für dich noch eins. Und natürlich auch für Raffael. Der müsste ja auch gleich kommen.«

»Ich helfe dir«, bietet Mick an.

Und nun berichtet Jo weiter. Von dem professionellen Proberaum, den coolen Musikern und von der guten Chemie, die zwischen ihnen geherrscht habe. »Vor allem der Bassist ist der Hammer«, schwärmt er. »Du weißt ja, Bass und Schlagzeug sind …«

»… das Rückgrat jeder Band«, vollendet Mick den Satz, den er von seinem Dad schon tausend Mal gehört hat.

Jo lacht. »Genau. Also, wie gesagt: Ich habe ein gutes Gefühl.«

Dann erzählt er auch davon, dass heute Nachmittag noch ein weiterer Schlagzeuger getestet werden soll.

Augenblicklich legt sich ein Schatten über Micks Euphorie. Für Mick ist Jo zwar der beste Schlagzeuger der Welt. Eigentlich braucht er keine Konkurrenz zu fürchten. Und doch, der nagende Zweifel bleibt. Vielleicht ist zuletzt einfach zu viel schiefgegangen.

ZUR GLEICHEN ZEIT BETRITT ALEX die Villa in einem noblen Vorort der Stadt. Über absolut staubfreie Marmorfliesen läuft er in sein Zimmer und lässt dort die Schultasche fallen. Dann geht er in die Küche, die zum Wohnzimmer offen ist. Das Kochfeld ist in einen gewaltigen Tresen eingelassen, der wie ein Boot geformt ist. Die Abzugshaube thront wie ein Sonnensegel darüber. Am Bug ragt ein Weinregal in die Höhe, am Heck ein chromblitzender Kühlschrank.

Magda, die Köchin und Putzfrau in einem ist, begrüßt Alex mit den Worten: »Bin gleich fertig. Du kannst dich schon mal setzen.«

Alex nimmt an dem langen Tisch Platz und schaut durch die bodentiefen Fenster nach draußen in den parkähnlichen Garten.

Seine Mutter, die eine nah gelegene Beautyfarm betreibt, stöckelt am Pool auf und ab, das Handy am Ohr. Nun erblickt sie ihren Sohn und hebt kurz die Hand.

Zwei Minuten später ist sie bei ihm.

»Hallo, muss leider gleich los. Termine, du weißt schon. Wie wars in der Schule?«

Alex weiß, dass seine Mutter von ihm ausnahmslos gute Noten erwartet. Seine Karriere als Jurist oder Banker, die sie für ihn fest eingeplant hat, darf durch nichts aufgehalten werden.

Das sieht auch sein Vater so. Alex bekommt ihn nur selten zu Gesicht, weil dieser geschäftlich permanent unterwegs ist.

»Gut«, antwortet Alex.

Seine Mutter schlüpft in ein Designer-Jäckchen. »Fein!«

Da ergänzt Alex: »Sherin hat mir eine geknallt.«

»Oh, mein Armer«, sagt seine Mutter schnell, während sie einen Blick auf ihr Handy wirft, das zu brummen begonnen hat. »Warte einen Moment.«

Das Telefonat ist kurz.

»Ha, immer diese Störungen«, seufzt seine Mutter. »Also die Sache mit dieser Nadine ...«

»Sherin, Mama, sie heißt Sherin.«

»Wie dem auch sei. Die Sache finde ich ganz furchtbar, aber ich habe leider ...«

»Keine Zeit, ich weiß«, meint Raffael. Er schluckt. »Ist schon okay.«

Sie lächelt gequält, wirft ihm ein Kusshändchen zu und schwirrt davon.

Magda serviert eine feine Rinderlende und zieht sich dann zurück.

Alex ist allein.

Er rührt das Essen nicht an, sondern starrt leer vor sich hin – in das Paradies, das ihn mit kühler Eleganz umgibt, mit eisiger Perfektion.

Das Turnier beginnt

ENDLICH IST ES SAMSTAG. In einer Stunde soll das Turnier losgehen! Die Sporthalle ist in eine stimmungsvolle E-Sports-Arena umgebaut worden. Überall stehen Tische mit Monitoren, Gamerstühlen und Konsolen für das zweitägige Fifa-Turnier. Die Spiele werden auf großen Leinwänden übertragen, sodass die Zuschauer von der Tribüne alles mitverfolgen können. Aber noch sind nicht viele Fans da.

Natürlich gibt es auch jede Menge Banner und Plakate, die für den Ausrichter und Sponsor – eine örtliche Bank – Werbung machen.

»Hast du die Kohle dabei?«, fragt Mick.

Alex nickt. »Klar.«

Sie bezahlen die Startgebühr bei einer jungen Frau am Eingang. Als Mick ihr den Schein gibt, spürt er ein

Stechen in der Brust. Fünfzig Euro, wirklich nicht gerade wenig.

Die Frau trägt sie in eine Liste am PC ein.

»Gegen wen spielen wir als Erstes?«, fragt Mick und hofft, dass es nicht ein Team der Darks ist, jedenfalls nicht gleich zu Beginn.

»Das wird noch ausgelost«, antwortet die Frau. »Ihr müsst euch noch ein wenig gedulden.«

Mick und Alex hocken sich mit ihren Controllern auf die Tribüne und schauen zu, wie sich die Halle mehr und mehr füllt. Bald wird es eng.

»Hammer«, freut sich Mick.

»Ja«, erwidert Alex und deutet nach links. »Schau mal, da sind Pia und Akono. Und auch Raffael und dein Dad.«

Mick ist überrascht – und er freut sich. Mit Raffael, Pia und Akono hat er gerechnet, nicht aber mit Jo.

Er winkt ihn zu sich.

»Wow, ist hier was los!«, meint Jo zur Begrüßung. »E-Sports zieht offenbar echt die Massen an.«

»Ja, super Stimmung, oder?«, sagt Mick. »Aber mal was anderes: Hast du schon was von der Band gehört?«

Jo schüttelt den Kopf. »Leider nein.«

Mick schaut ihn an und bemerkt ein nervöses Flackern in den Augen seines Dads.

»Ist bestimmt ein gutes Zeichen«, sagt Mick. »Wenn sie dir hätten absagen wollen, hätten sie es längst getan.« Er weiß nicht, woher er diesen Optimismus nimmt, aber der Satz klingt in diesem Moment irgendwie gut.

Jo lächelt schwach. »Wenn du das sagst …« Er wuschelt ihm durchs Haar. »Aber jetzt geht es erst einmal um dich. Wie läuft das hier eigentlich ab?«

»Es sind insgesamt 32 Zweier-Teams. In der ersten Runde gibt es acht Gruppen mit je vier Mannschaften«, erklärt Mick. »Die jeweils ersten beiden Teams pro Gruppe kommen weiter …«

»Also 16 Teams«, folgert Jo.

»Ganz genau. Die stehen im Viertelfinale. Und dann kommen das Halbfinale und das Finale«, fährt Mick fort.

Jo nickt. »Wie bei einer richtigen Fußball-WM.«

Jetzt gesellen sich auch Raffael, Pia und Akono zu ihnen, und sie beginnen zu fachsimpeln. Jo hört einfach nur zu. Sein Gesicht ist ein einziges Fragezeichen.

Dann ist es 11 Uhr, der offizielle Beginn des Turniers.

Ein Mann von der Bank, der einen blauen Anzug trägt, begrüßt das Publikum und die Spieler, erwähnt gefühlt tausend Mal den Namen seiner Bank und kommt dann zur Auslosung der Gruppen. Jetzt wird es spannend: Wer spielt gegen wen?

Mick und Alex, die unter dem Namen Socceros antreten, werden der Gruppe B zugelost, in der bereits zwei Mitschüler aus ihrer Klasse sind: Ruven und Hendrik, zwei Nerds, eigentlich ganz nette Typen. Ihr Team heißt Mastermind. Die beiden sitzen nicht weit von Mick und Alex entfernt und winken ihnen lachend zu.

Team drei besteht aus einem Mädchen und einem Jungen, die weder Mick noch Alex kennen. Diese schauen nur kurz und desinteressiert zu ihnen rüber.

Als der Name der vierten Mannschaft verkündet wird, stöhnt Alex laut auf: Es sind die beiden Mitläufertypen aus der Darks-Bande.

»Egal, die schlagen wir alle«, meint Mick fest entschlossen.

Darks-Boss Dragan und Sherin werden der Gruppe G zugelost.

Kurz darauf geht es auch schon los.

Mick und Alex treten zuerst gegen das Team drei

an. Sie haben keinerlei Mühe, es deutlich zu schlagen. Am Ende der zwölfminütigen Spielzeit heißt es 4:1. Von den Rängen gibt es wohlwollenden Applaus.

Dann kommen die Nerds aus ihrer Klasse, und jetzt wird es schon deutlich schwieriger. Ruven und Hendrik erweisen sich als taktikversierte Maurermeister. Sie spielen mit einer Fünferkette, einem kompakten Mittelfeld und nur einer Spitze.

Mick und Alex haben sich wie immer für eine offensive 4-3-3-Variante entschieden. Ihre pfeilschnellen Außenstürmer sollen Löcher in die gegnerische Abwehr reißen und den Mittelstürmer mit Flanken füttern.

Doch der Plan geht zunächst nicht auf. Zum einen, weil die Außenstürmer meistens einfach zugestellt werden, zum anderen, weil der Torwart der Nerds so gut wie alles hält.

»Mist!«, flucht Mick, als er sich mal wieder festgerannt hat und der Ball futsch ist. Er drückt vor lauter Frust den Controller so fest, dass es knackt.

Ruvens Spieler hat jetzt die Murmel und leitet sie mit einem Diagonalpass weiter. Hendriks Kicker nimmt den Ball elegant an, lässt den heranrauschenden Alex aussteigen, spielt einen hübschen Doppelpass und nagelt die Kugel ins Tor. 1:0 für die Masterminds.

Mick ist fassungslos. Wie konnte das passieren? Wenn sie dieses Match vergeigen, wird es knapp mit der Qualifikation fürs Viertelfinale. Schließlich brauchen sie mindestens zwei Siege, um weiterzukommen, und es ist keineswegs gesagt, dass sie das Darks-Team schlagen.

»Wir drehen das Spiel!«, zischt er wild entschlossen.

Alex nickt nur.

Doch bis zur Pause bleibt es bei einem Stand von 0:1.

Mick schaut zu seinem Dad auf der Tribüne. Der streckt beide Hände nach oben, und Mick erkennt, dass er ihm die Daumen drückt.

Weiter gehts.

Die Nerds bleiben bei ihrer defensiven Grundausrichtung, und es scheint Mick allmählich so, als wollten die beiden die knappe Führung irgendwie über die Zeit bringen.

Nicht mit den Socceros!, denkt Mick, greift mit einem ihrer Mittelfeldspieler den ballführenden Gegner an und hält dabei die obere linke Taste gedrückt, um den anderen Kicker unter Druck zu setzen. Es gelingt, der Gegner stürzt, die Pfeife des Schiris bleibt stumm – und Micks Spieler hat Raum für einen weiten Ball in die Spitze.

Was für eine Megamaßflanke! Punktgenau flutscht die Murmel auf den linken Fuß von Alex' Spieler. Der bittet Hendrik zu einem Tänzchen, wackelt ihn aus und feuert die Kugel ab. Ein Torpedo!

Unhaltbar landet der Ball in den Maschen. Jubel brandet auf und Mick sieht, dass Jo, Raffael, Pia und Akono begeistert klatschen.

»Wir legen sofort nach«, wispert Mick in Alex' Ohr. »Die sind jetzt aus dem Tritt. Schnell. Überfallkommando.«

Alex grinst breit.

Ruven und Hendrik sind um einen ruhigen Spielaufbau bemüht, doch Mick funkt sofort mit einer Grätsche dazwischen. Zack, schon hat sein Abwehrspieler den Ball. Aus dem Stand chippt er die Murmel zu Alex' Kicker, der ihn gleich wieder zurückspielt.

Micks Spieler startet ein beherztes Solo und dann kommt er, der Dragback, ein besonders effektiver Skillmove auf engem Raum. Dafür drückt Mick die obere R-Taste und den linken Stick entgegen seiner Laufrichtung, wodurch sich sein Kicker Platz verschafft – Platz für einen harten Schuss aus etwa 18 Metern, der genau in den linken oberen Winkel passt.

»Yes!«, ruft Mick und klatscht Alex ab.

Ein Doppelpack, von dem sich die Masterminds nicht mehr erholen. Mit 2:1 gewinnen Mick und Alex auch das zweite Spiel.

Jetzt können sie das letzte Match entspannter angehen, wenngleich die beiden Darks-Typen ziemlich unter Druck stehen, weil sie gegen die Nerds verloren und gegen das andere Team nur einen Punkt geholt haben.

In der Halle herrscht weiter beste Stimmung. Manchmal sind sogar Sprechchöre zu hören. In den kurzen Pausen dröhnen aktuellen Hits aus den Boxen.

Die Spieler, die gerade nicht antreten müssen, können sich in einen mit Stellwänden abgegrenzten Bereich zurückziehen. Dort gibt es Getränke, Energieriegel, Obst und sogar ein paar Süßigkeiten.

Mick und Alex bedienen sich. Als Mick gerade in eine Schale mit Gummibärchen greift, legt sich eine schwere Hand auf seine Schulter.

Er dreht sich um. Dragan und Sherin.

»Hört zu, ihr Nieten«, sagt Dragan. »Ihr werdet das

Spiel jetzt ganz einfach mal verlieren. Unsere Freunde wollen wie Sherin und ich ins Viertelfinale. Klar?«

»Nein, wir gewinnen«, sagt Mick und versucht die Hand abzuschütteln, doch ohne Erfolg. Sein Herz schlägt ihm bis zum Hals.

»Wie, nein?«, fragt Dragan und erhöht den Druck. »Hab ich mich verhört?«

Mick beißt die Zähne zusammen. Dann reißt er sich von Dragan los und hebt den Controller wie eine Schlagwaffe. »Haut ab!«

Während Dragan sichtlich überrascht ist, lächelt Sherin nur dünn. »Seid froh, dass hier die Bankfuzzis rumspringen.« Sie tätschelt Alex' Wange. »Sonst würdet ihr euch wieder eine fangen. Und mit dir, Alex, würde ich beginnen.« Dann wendet sie sich an Dragan. »Komm, wir gehen.«

Die beiden ziehen sich auf die Tribüne zurück.

»Diese Pfeifen«, ärgert sich Mick und schaut zu einem der Monitore, auf dem man den Turnierverlauf verfolgen kann. »Die beiden haben in ihrer Gruppe zwei Siege und ein Unentschieden. Damit sind sie bereits fürs Viertelfinale qualifiziert.«

»Genau das machen wir jetzt auch«, entgegnet Alex. Kurz darauf gibt es den Anpfiff.

Die beiden Darks-Typen sind ungeschickte Grobmotoriker, die zudem nicht aufeinander eingespielt sind. Ständig pflaumen sie sich an.

Schon zur Halbzeit steht es 3:0 für Mick und Alex.

Nach der Pause schenken sie den Gegnern noch zwei weitere Treffer ein, sodass am Schluss ein 5:0 steht. Yes!!! Das Viertelfinale ist erreicht. Auf dem zweiten Platz in der Gruppe B landen die Nerds Hendrik und Ruven.

Mick und Alex lassen sich vom Publikum feiern.

Als Mick mit Alex zu seinem Dad, Raffael und den anderen auf die Tribüne will, versperrt Dragan ihnen den Weg. »Ihr habt meine Leute lächerlich gemacht. Das werdet ihr noch bereuen«, zischt er durch die Zähne. »Wir machen euch fertig.«

Attacke!

MICK TUT SO, als würde ihn das überhaupt nicht beeindrucken. Er drängt sich mit Alex an Dragan vorbei und geht zu Raffael hinüber.

»Probleme?«, fragt Raffael, der die kurze Szene mitverfolgt haben muss.

»Nein … also, nicht wirklich«, erwidert Mick und schüttelt sich, als könne er so die Erinnerung an Dragans Worte loswerden.

Wir machen euch fertig.

»Sicher?«, hakt Raffael nach.

»Sicher«, bestätigt Mick, auch wenn er sich alles andere als sicher ist.

Jetzt kommen auch Jo, Akono und Pia hinzu und beglückwünschen die beiden Socceros.

»Gut gespielt«, meint Jo. »Vor allem das letzte Spiel

war klasse. Denen habt ihr ja gleich fünf Stück eingeschenkt!«

Mick strahlt.

»Wann gehts weiter, wann sind die Viertelfinalspiele?«, fragt Pia.

Alex deutet zu einer der Leinwände, auf der der Turnierbaum zu sehen ist. »Das wird noch eine Weile dauern, wie es aussieht. Fakt ist, dass wir gegen …«

»… den Zweiten aus der Gruppe A antreten«, vollendet Mick den Satz.

ZWEI STUNDEN SPÄTER ist es endlich so weit. Mick und Alex nehmen nebeneinander vor dem Monitor Platz. Ihnen gegenüber sitzt das gegnerische Team. Der Name ihrer Viertelfinalgegner – FriendlyFootball – täuscht. Mick und Alex haben es hier mit zwei Spielern zu tun, die alles andere als nett, sondern extrem übermotiviert und bissig sind. Wie zwei Pitbulls, die eine Woche lang nichts zu fressen bekommen haben und denen man jetzt zwei feine Leckerli serviert. Und diese Leckerli heißen Mick und Alex.

Doch schon nach zwanzig Minuten – es steht noch 0:0 – fliegt ein Spieler der FriendlyFootballer vom

Platz. Eigentlich ein Vorteil für Mick und Alex, wenn das üble Foul – eine Grätsche von hinten in die Knochen – nicht eine Verletzung des Spielmachers der Socceros zur Folge gehabt hätte.

Er muss ausgewechselt werden. Das Spiel verkündet, dass der Regisseur mit der Nummer 10 einen Wadenbeinbruch erlitten habe.

Mick linst am Monitor vorbei zu ihren Gegenspielern. »Toll, wirklich toll!«, ruft er ihnen wütend zu.

Ein käsiges Vollmondgesicht taucht hinter dem Bildschirm auf. Der Dicke grinst leicht dämlich und meint nur: »Weicheier.«

Mit 11 gegen 10 Mann geht es weiter.

»Ballbesitz, Tiki-Taka«, flüstert Mick seinem Kumpel zu.

Alex nickt. »Aber lass uns auch am Auspuff schrauben.«

Das ist ihr Code für den Taktikwechsel. Mit dem Feature *Dynamic Tactics* kann man während des Spiels blitzschnell die taktische Ausrichtung ändern.

Als der Ball im Aus landet, gibt es Einwurf für die Socceros. Alex switcht mit der L2-Taste durch ihre taktischen Voreinstellungen und wählt eine besonders aggressive Ausrichtung. Jetzt machen ihre Spieler jede

Menge Dampf. Zudem versuchen die Socceros, den Ball nie lange zu halten, sondern ihn immer schnell weiterzuspielen.

Ihre Gegner treten weiter wild um sich, doch Mick und Alex achten penibel darauf, dass ihre Kicker den Attacken und möglichen Verletzungen aus dem Weg gehen. Genau dafür ist der stets kurze Ballbesitz ideal – den Holzhackern fehlt die Zeit, die feindlichen Spieler umzunieten.

Eine der feinen Socceros-Ballstafetten trägt die Murmel ins Herz des Gegners, in ihren Strafraum. Dort lauert der Mittelstürmer der Socceros, den Mick gerade steuert. Er sorgt dafür, dass der bullige Typ den Ball in der Box geschickt abschirmt und dann unter dem gegnerischen Torwart ins Netz spitzelt.

»Yes!«, schreit Mick, der ebenso wie Alex aufgesprungen ist. Von der Tribüne ist Jubel zu hören.

»Pures Glück«, grummelt der käsige Dicke.

»Pump den Ball auf«, kontert Mick. »Was anderes kannst du nicht.«

Es wird ein wildes Match. Nicht schön, aber spannend. Mick und Alex gelingt es, ihre numerische Überzahl in einen knappen Sieg umzumünzen: am Ende heißt es 2:0!

Der Plan der FriendlyFootballer, den Regisseur der Socceros auszuschalten und damit deren Schaltzentrale lahmzulegen, ist nicht aufgegangen. Pech gehabt.

»Halbfinale, jetzt stehen wir im Halbfinale!«, jubelt Alex.

Mick freut sich still. Er blickt zur Tribüne hoch. Ihre Fans klatschen. Jetzt sind sie den 2000 Euro schon ein gutes Stück näher gekommen! Noch zwei Siege – im Halbfinale und im Finale – und die Kohle gehört ihnen!

Mick überlegt. Was würde er mit dem Geld machen? Erst mal Jo und Raffael zu einem Festessen einladen, das ist klar.

MICK UND ALEX HOCKEN SICH WIEDER in den Relaxbereich und verfolgen die anderen Viertelfinals. Nach zwei Stunden steht fest: Ruven und Hendrik haben die nächste Runde erreicht – aber leider auch Sherin und Dragan.

Und genau diese beiden sind Micks und Alex' Gegner in einem der beiden Halbfinals. Zum Glück stehen sie wie das Finale erst morgen auf dem Turnierplan.

»Ausgerechnet die«, ächzt Alex.

»Was solls?«, meint Mick achselzuckend. »Das ist doch eine gute Gelegenheit, denen mal zu zeigen, wer wirklich was draufhat – und wer eben nicht.«

AM ABEND TRAINIEREN Mick und Alex noch ein wenig in Micks kleinem Reich. Sie sind bester Dinge. Alex hat wieder einen Eimer Popcorn mitgebracht.

Gerade als sie sich über diesen hermachen, brummt Micks Handy. Er wirft einen flüchtigen Blick darauf. Eine unbekannte Nummer. Mick geht trotzdem ran: »Ja?«

Ein Knacken, dann folgt eine merkwürdig metallische Stimme: »Ihr werdet morgen das Halbfinale absichtlich verlieren. Oder am besten gar nicht antreten. Sagt, dass ihr keine Lust habt. Oder verletzt seid. Ist mir egal. Wenn ihr das nicht tut, werde ich dafür sorgen, dass ihr *wirklich* verletzt seid.«

»Du kannst uns mal«, blafft Mick ins Telefon. »Feiges Schwein!«

Ein weiteres Knacken, dann ist der Anruf beendet.

Fassungslos lässt Mick das Handy sinken.

»Wer war das?«, fragt Alex und wirft noch eine Handvoll Popcorn ein.

»Jemand, der verlangt, dass wir morgen nicht antreten oder wenigstens verlieren. Er hat uns bedroht.«

»Dragan?«, fragt Alex spontan.

Mick nickt langsam. »Vermutlich. Aber er hat natürlich seinen Namen nicht genannt. Außerdem war die Stimme verzerrt. Vermutlich mit irgendeiner App wie Morpher oder so.«

Für einen Moment herrscht nachdenkliche Stille.

»Das ist doch alles nur heiße Luft«, behauptet Mick. »Lass uns weiterspielen.«

GEGEN ACHT UHR MUSS ALEX nach Hause, und Mick begleitet ihn zur nächsten Bushaltestelle. Auf ihrem Weg müssen sie eine heruntergekommene Grünanlage durchqueren, die in erster Linie als Hundeklo und Fixer-Treffpunkt dient.

Wie immer hat Mick hier ein leicht mulmiges Gefühl. Zu Recht. Denn als er und Alex schon fast hindurch sind, stellen sich ihnen plötzlich Dragan und seine Leute in den Weg.

»Sieh an, sieh an«, meint Dragan. »Wen haben wir denn da?«

Einer der Mitläufer drängt sich vor und lispelt etwas von arroganten Typen, die total unfair gespielt hätten.

»Was redest du für einen Scheiß?«, gibt Mick zurück. »Ihr habt verloren, weil ihr nichts draufhabt.« Wer wie Mick im Markwart-Viertel lebt, der weiß, dass man sich niemals unterwürfig zeigen darf. Das stachelt Leute wie Dragan oder Sherin nur an. Die lieben es einfach, Schwächere zu quälen.

»Und glaub nicht, Dragan, dass du uns mit deinem Anruf einschüchtern kannst«, setzt Mick nach.

Die Attacke kommt schnell, sehr schnell. Dragan hat Mick gepackt, ihn kurzerhand hochgehoben und auf den Bürgersteig knallen lassen. Mick landet auf dem Rücken und kann gerade so noch verhindern, dass er mit dem Hinterkopf aufschlägt. Alex stellt sich schützend vor ihn, doch Dragan und Sherin stoßen ihn grob zur Seite.

Dragan beugt sich über Mick. »Was laberst du da von irgendwelchen Anrufen? Und wie redest du überhaupt mit meinen Freunden?« Er gibt ihnen ein Zeichen. »Haltet den Schnösel fest.«

Alex werden die Hände auf den Rücken gedreht. Hilflos muss er mit ansehen, was die Gang mit Mick anstellt.

Als dieser sich aufrappeln und Dragan mit einem Angriff überrumpeln will, tritt Sherin ihm in die Kniekehlen, sodass er zusammenklappt wie ein Schweizer Taschenmesser. Wieder landet er auf dem Boden. Dragan setzt sich rittlings auf ihn und drückt ihm die Arme nach hinten.

»Sherin, möchtest du ihm vielleicht seine Fingerchen zerquetschen? Mit deinen Schuhen?«, fragt er.

Mick sieht das Leuchten in Sherins Augen. Sie wird es tun, daran hat er keine Zweifel.

Hätte er doch lieber die Klappe gehalten! Das wars dann wohl mit dem Fifa-Turnier und dem Traum von den 2000 Euro.

Jetzt kann ihm nur noch ein Wunder helfen.

Sherin hebt den Fuß – und Mick schließt die Augen in Erwartung des Schmerzes.

»Nein!!! Das dürft ihr nicht tun!«, hört er seinen Kumpel Alex verzweifelt schreien.

»Halt die Klappe!«, schnauzt Dragan ihn an. Doch dann hört Mick ihn sagen: »Nein, Sherin, lass es.« Mick reißt unwillkürlich die Augen auf.

»Was?«, fragt Sherin ungläubig.

»Lass es«, wiederholt Dragan im Befehlston. »Das haben wir gar nicht nötig. Wir schlagen die beiden

Lauche doch auch so beim Fifa-Turnier. Wenn du Micks Hand kaputt machst, haben die eine Ausrede. Verstehst du?«

»Nein!«, stößt Sherin mit einer Mischung aus Trotz und Wut hervor – wie ein Kind, dem man gerade das Lieblingsspielzeug weggenommen hat. »Ich will ihn treten!«

Dragan lässt Mick los. Er steht auf und schiebt Sherin zurück. »Vergiss es.«

Dann wendet er sich an Mick und Alex. »Wir sehen uns morgen. Und dann seid ihr dran – beim Turnier.«

Immer noch lachend gehen er und seine Leute durch den Park davon.

Alex reicht Mick die Hand. Der ergreift sie und lässt sich aufhelfen.

»Alles klar?«, fragt Alex.

»Weiß nicht. Geht schon«, erwidert Mick. »Ist ja noch mal gut gegangen. Und morgen revanchieren wir uns bei den verdammten Darks.«

Alex schaut auf die Uhr. »Muss mich beeilen. Sonst ist der Bus weg.«

Das Halbfinale

AM NÄCHSTEN TAG WACHT MICK schon sehr früh auf. Die Stunden bis zum Turnierbeginn um 11 Uhr kommen ihm vor wie eine Ewigkeit.

Er kann es gar nicht erwarten, zum Fifa-Turnier zu radeln. Ihn hat eine kalte Entschlossenheit gepackt. Er wird mit Alex die beiden Darks-Typen aus dem Weg räumen und das Turnier gewinnen. Jetzt erst recht!

Als er zum Frühstück in die Küche geht, hört er, wie Jo gerade seine Schießbude bearbeitet. Es sind nicht viel mehr als Plopps in rasender Folge zu hören, weil Jo zum Glück die Kopfhörer aufhat.

Jo sagt, dass man ein Schlagzeug streicheln, aber auch verprügeln kann – je nach Laune.

Die Art und Weise, wie sein Dad gerade mit großer Leichtigkeit über Cymbals und Toms wirbelt, lässt

Mick ahnen, dass gerade eher Streicheleinheiten angesagt sind.

Er geht ins Wohnzimmer und winkt, bis Jo ihn wahrnimmt. Der setzt den Kopfhörer ab und legt die Sticks beiseite.

»Guten Morgen«, sagt Jo. »Na, bist du bereit fürs Halbfinale?«

»Klar! Um 11 Uhr gehts los, aber wir Halbfinalisten müssen eine Stunde früher da sein.«

»Ich komme auch, wenn du willst. Zum Anpfiff bin ich da. Versprochen. Raffael ist bestimmt auch wieder dabei. Wenn er bis dahin wach ist.«

»Das wäre super. Schon was von der Band gehört?«

»Nein, immer noch nicht.«

Komisch, denkt Mick. Warum ruft sein Dad nicht einfach selbst bei denen an und erkundigt sich? Aber vielleicht will Jo nicht aufdringlich oder ungeduldig wirken. Oder hat er Angst, eine Abfuhr zu bekommen?

Mick schlingt zwei Toastbrotscheiben mit Nutella runter, packt seinen Controller ein und saust in den Keller, um sein Fahrrad zu holen.

Doch dort erwartet ihn eine böse Überraschung. Jemand hat das billige Schloss am Holzverschlag geknackt und den Hinterreifen seines Fahrrades aufgeschlitzt.

Verdammt!, denkt Mick. Wer ist das gewesen? Die Darks?

Und jetzt? Den Reifen kann er nicht reparieren, der ist komplett hinüber. Um einen neuen zu kaufen und ihn einzubauen, fehlt ihm die Zeit.

Bleibt nur noch der Bus!

Mick stürmt nach oben und wäre fast der Göderlein in die Arme gerannt.

»Wo willst du denn so schnell hin, hä?«, fragt sie. »Und was hast du da unten gemacht? Bist auf der Flucht, was? Ja genau, du bist auf der Flucht, weil du im Keller was geklaut hast, du kleiner Strolch!«

»Quatsch!«, fährt Mick sie an und will an ihr vorbei.

Sie fährt einen ihrer knöchrigen Arme aus, die nicht viel dicker sind als ein Gartenschlauch.

»Dageblieben, Strolch, ich will sehen, was du in den Taschen hast«, zetert sie. »Sicher ist es Diebesgut! Vielleicht sogar mein Eingemachtes!«

Mick reißt sich los und rennt aus dem Haus zur Bushaltestelle. Er verpasst den Bus um genau 90 Sekunden. Der nächste fährt erst in einer halben Stunde.

Mist! Wenn Mick zu spät kommt, bedeutet das Turnierausschluss.

Den Bus kann er also vergessen. Taxi? Nein, dafür fehlt ihm natürlich das Geld. Und seinen Dad anpumpen will er nicht.

Da bleibt nur eins: Dauerlauf! Mick setzt sich in Bewegung. Im Rennen ruft er Alex auf dem Handy an, damit er Bescheid weiß.

Nach fünf langen Kilometern ist Mick endlich am Ziel. Auf den letzten Drücker kommt er in der Halle an.

»Das waren die Darks«, sagt Alex, als die Freunde nebeneinander vor dem Monitor sitzen.

»Ja«, entgegnet Mick. »Das kriegen die zurück.«

DANN GEHT ES ENDLICH LOS: Alle sollen ihre Plätze einnehmen, das Halbfinale beginnt! Die Leute in der Halle johlen. Auch heute ist die Tribüne voll besetzt. Sogar die Presse ist da. Mick entdeckt Jo in der Menge. Natürlich hat er Wort gehalten! Neben ihm sitzen Raffael, Akono und Pia.

»Bist du allein da?«, fragt Mick seinen Freund. Alex nickt.

Er hat seine Eltern gar nicht erst gefragt, ob sie kommen und ihn anfeuern. »Sie hätten ohnehin keine Zeit gehabt – und kein Interesse«, sagt er voller Bitterkeit.

Am gegenüberliegenden Bildschirm sitzen Sherin und Dragan, der eine lächerliche verspiegelte Sonnenbrille trägt. »Ihr seid erledigt«, raunt er zu ihnen rüber. »Wollt ihr nicht einfach aufgeben?«

»Such dir lieber den Winkel aus, in den ich dir gleich die Murmel ballere«, erwidert Mick angriffslustig. Dann ertönt der Anpfiff.

VON ANFANG AN MACHEN die Socceros Druck. Mick und Alex haben sich für eine Art Überfalltaktik entschieden. Kein Abtasten, kein Vorfühlen – direkt volles Rohr drauf.

Es gelingt den beiden tatsächlich, Sherin und Dragan mit ihrer offensiven 4-3-3-Aufstellung zu überrumpeln. Nach nur zehn Minuten steht es bereits 2:0.

Dragan tobt und gibt lautstark Sherin die Schuld, während sich Mick und Alex abklatschen und den Beifall genießen. Die Zuschauer sind eindeutig auf ihrer Seite.

Doch die frühe Führung macht Alex unvorsichtig. Er versucht zu zaubern, statt nüchtern und konzentriert zu kicken. In sein Passspiel schleichen sich immer mehr Flüchtigkeitsfehler ein. Nach einem seiner Ballverluste gelingt Sherin noch vor der Pause der Anschlusstreffer.

»Reiß dich zusammen«, ermahnt Mick seinen Freund.

»Alles im Griff«, erwidert Alex gut gelaunt.

Sieht aber nicht so aus, denkt Mick. Er will das Turnier unbedingt gewinnen. 2000 Euro! Alex muss einfach alles geben.

Anpfiff zur zweiten Halbzeit. Dragan lässt einen Spieler durchs Mittelfeld pflügen, zieht zwei Gegner auf sich und täuscht einen Kurzpass an. Mick fällt prompt drauf rein und grätscht ins Leere.

Nun hat Dragan etwas Platz – und Zeit für einen gefühlvollen Schlenzer von der Strafraumlinie. Der Ball passt millimetergenau in den Winkel. Das ist der Ausgleich …

Dragan springt auf und brüllt über den Monitor in die Gesichter von Mick und Alex: »Habt ihr das gesehen, ihr Flachpfeifen? Tor des Monats, das war das Tor des Monats! Oder, Sherin?« Er boxt sie spielerisch vor die schmale Schulter. Sherin wäre fast aus dem Stuhl gefallen.

»Ist ja schon gut«, zischt sie. »Wir müssen denen noch einen einschenken.«

Mick schließt für einen kurzen Moment die Augen. Es hat so gut angefangen – und jetzt scheinen er und Alex auf der Verliererstraße zu sein.

Nein!, sagt er sich. Nein! Niemals! Die Kohle gehört uns!

Es wird ein Kampf auf Biegen und Brechen. Mick und Alex versuchen alles, beißen sich aber an den Darks die Zähne aus – bis zur 89. Minute, als schon alle mit der Verlängerung rechnen.

Alex schickt Mick mit der X-Taste steil in die Dark-Box – und Mick greift ganz tief in die Trickkiste: Es folgt der sensationelle Rabona-Chip. Dafür drückt Mick die hinteren linken Tasten und den Schussbutton gleichzeitig sowie den linken Stick in einem 90-Grad-Winkel abweichend von seiner momentanen Blickrichtung. Die Murmel fliegt in einem eleganten Bogen über den Keeper hinweg und … und …

»Geh rein!«, gellt Micks Stimme.

… klatscht unter die Latte …

»Neeeein!«, brüllt Alex.

... prallt hinter dem geschlagenen Torwart auf die Linie und ...

»Bitte!«, fleht Mick.

... kullert ins Tor!!!!!

»Yes!«, schreien Mick und Alex gleichzeitig.

Die Halle tobt, alle feiern die Socceros.

»Pures Glück, das war doch nur Glück!«, ruft Dragan zu ihnen herüber.

Rasch stellen die beiden Freunde auf eine extrem defensive Formation um. So gelingt es ihnen, die knappe Führung zu verteidigen und tatsächlich ins Finale einzuziehen.

Mick kann sein Glück kaum fassen.

Sherin knallt ihren Controller auf den Tisch und Mick hört, wie sie Dragan anmault: »Du hättest mir erlauben sollen, Mick die Finger zu zerquetschen. Das haben wir nun davon.«

»Halt die Klappe«, erwidert Dragan. Jetzt kommt er mit ihr rüber zu Mick und Alex.

»Glaubt nicht, dass wir euch das vergessen«, stößt er hervor. »Wir machen euch kaputt.«

Mick winkt einfach ab und lässt die beiden stehen. Alex und er gehen auf die Tribüne und schauen sich das zweite Halbfinale an.

Ruven und Hendrik setzen sich recht mühelos mit 3:1 durch und sind somit ihre Finalgegner.

Mick und Alex treffen Ruven in der anschließenden Pause in der Relaxzone.

»Das klappt doch«, sagt Ruven lachend zu Mick und Alex. »In der Gruppenphase habt ihr uns rausgekickt. Aber im Finale werden wir die Nase vorn haben, ihr werdet sehen.«

Mick grinst. »Warten wir es ab.« Er ist so froh, dass sie es im Finale mit diesen netten Nerds zu tun haben und nicht mit Schlägertypen wie Dragan.

Bis zum Finale sind es noch zwei Stunden Zeit. Es gibt in der Halle ein Rahmenprogramm mit DJ. Außerdem können an verschiedenen Konsolen Spiele ausprobiert werden.

»He, cool, lass uns mal eine Runde Mario Kart zocken«, schlägt Alex vor. Pia und Akono sind inzwischen auch wieder zu ihnen gestoßen. Beide stimmen begeistert zu.

Aber Mick ist das alles gerade zu viel. Es lenkt ihn nur ab. Er braucht jetzt Ruhe, um sich auf das Finale zu konzentrieren.

»Mein Gehirn braucht mal frische Luft«, sagt er. »Darf ich mit deinem Rad eine kleine Runde drehen?«

»Klar«, sagt Alex. »Aber sei bloß rechtzeitig wieder da. Um 15 Uhr gehts weiter.«

Am Eingang steht Hendrik und daddelt an seinem Handy rum. »Wo willst du denn hin?«, fragt er Mick.

»Ich dreh nur eine kurze Runde. Einmal zum Weiher und zurück.« Dann schwingt Mick sich auf Alex' Rad und saust los.

Am Weiher setzt er sich kurz auf eine Bank und genießt die Ruhe. Es darf gleich einfach nichts schiefgehen. Sie sind so nah dran an den 2000 Euro!

Doch dann schreckt ihn ein Anruf aus seinen Gedanken. Mick schaut aufs Display. Wieder ist der Anrufer nicht in seiner Kontaktliste. Micks Magen krampft sich zusammen. Ist das erneut der anonyme Anrufer? Dragan? Mick kann nicht anders, er nimmt das Gespräch an.

Die Falle

MICK LAUSCHT. Dieselbe verstellte Stimme, dieselbe Botschaft: Ihr habt im Finale nichts verloren. Wenn ihr antretet, werdet ihr es bereuen.

Mick wird wütend.

Warum nur hat er sich diesen Mist angehört?

Vergiss es!, ermahnt er sich. Denk an das Endspiel. Hol dir mit Alex das Geld!

Nach zehn Minuten hat er sich wieder im Griff. Er ist voll fokussiert auf das letzte Spiel.

Er schnappt sich Alex' Fahrrad und radelt zurück zur Halle.

Je näher Mick dem Turnierort kommt, umso mehr hebt sich seine Stimmung. Ja, sie werden es packen! Er ist sich plötzlich so sicher!

Er wird schneller und biegt in den schmalen, von

Büschen und Bäumen gesäumten Fahrradweg ein, der zur Turnhalle führt.

Das dünne Seil, das auf Brusthöhe zwischen einem Baum und einem Laternenmast quer über den Weg gespannt ist, sieht Mick erst, als es schon zu spät ist.

Er wird aus dem Sattel gerissen und fliegt nach hinten. Als der Asphalt auf ihn zuschießt, will er sich instinktiv mit der linken Hand abstützen. Unter dem Gewicht seines Körpers knickt das Handgelenk weg, ein stechender Schmerz durchdringt Mick, er hört sich selbst aufschreien.

Mick sitzt zusammengekrümmt auf dem Radweg, das Handgelenk tut höllisch weh, außerdem sind auch noch beide Ellbogen aufgeschlagen, das Blut tropft auf den Boden.

Langsam wird Mick klar, was das bedeutet: So wird er keinen Controller bedienen können. Das Turnier ist für ihn vorbei und damit auch für Alex. Irgendjemand hat ihm eine Falle gestellt und seinen Traum zerstört.

Tränen schießen ihm über die Wangen. Mühsam rappelt er sich auf und fingert mit der gesunden Hand das Handy aus der Hosentasche. Mick muss Alex informieren, seinen Dad und ... die Polizei. Doch wer steckt hinter der Attacke? Dragan? Vermutlich. Wer sonst? Aber Mick hat keinen Beweis.

Selten ist sich Mick so hilflos und klein vorgekommen. Wieder schaut er auf seine lädierte Hand. Das Gelenk wird langsam blau.

Mick schiebt das Handy zurück. Er will jetzt niemanden anrufen, er muss zurück zum Turnier, auch wenn er nicht spielen kann. Er braucht jetzt dringend seine Familie und Freunde in seiner Nähe.

Er sichert Alex' Bike mit dem Bügelschloss und humpelt dann das letzte Stück zur Halle.

JO ERBLICKT MICK als Erster.

»Was ist denn los?«, fragt er mit besorgter Miene. »Du siehst ja aus, als ob du ... O nein, was ist denn mit deiner Hand passiert?«

Jetzt kommen auch Alex, Raffael, Pia und Akono hinzu und umringen ihn. Stockend erzählt Mick von der fiesen Falle. Alle sind sichtlich entsetzt.

Während er spricht, sieht Mick, dass die Darks ganz in ihrer Nähe stehen. Nicht nur das, sie schauen zu ihm herüber – und Dragan lächelt. Es ist ein kaltes, kaum wahrnehmbares Lächeln.

Mick spürt, wie heißer Zorn in ihm auflodert. Am liebsten würde er Dragan anschreien, aber er hält sich zurück.

Jo schließt Mick in die Arme, und Mick muss jetzt richtig losheulen. Langsam und beruhigend streichen Jos Hände über seinen Rücken. »Du musst zum Arzt«, sagt er dann. »Der soll sich deine Hand angucken.«

Mick löst sich aus seinen Armen. Er schnieft und wischt sich verstohlen eine Träne aus den Augenwinkeln.

»Gleich. Wir müssen erst noch der Turnierleitung Bescheid geben«, meint er und schluckt. »Es tut mir so leid, Alex«, sagt er dann mit Blick auf seinen Freund.

»Du kannst doch nichts dafür«, erwidert Alex und legt den Arm um Micks Schulter.

Zunächst herrscht Ratlosigkeit bei den Organisatoren, aber dann wird über Mikrofon verkündet, dass die Socceros verletzungsbedingt nicht zum Finale antreten können und daher Ruven und Hendrik das Endspiel kampflos gewonnen haben. In der Halle macht sich Enttäuschung breit, es gibt sogar vereinzelte Buhrufe.

Es folgt eine krampfige Siegerehrung samt Übergabe des Schecks, und Mick wird wieder unendlich traurig. Mit einiger Mühe kann er verhindern, dass er erneut losflennt.

Die nerdigen Masterminds wirken fast peinlich berührt, als man ihnen gratuliert, aber sie bedanken sich artig bei dem Anzugträger der Bank. Einige klatschen, aber die Stimmung ist dahin.

Die Zweitplatzierten Mick und Alex erhalten je einen neuen Controller. Warmer Applaus brandet für sie auf.

Alex schaut auf das Gamepad. »Klasse ...«, murmelt er.

»Kannst meins auch noch haben. Ich kann derzeit sowieso nicht Fifa zocken«, sagt Mick traurig.

Alex legt ihm erneut einen Arm um die Schultern. »Das wird schon wieder. Und dann treten wir bei einem anderen Turnier an und gewinnen.«

Er zieht ihn zu ihren Freunden, während die ersten Zuschauer schon die Halle verlassen und sich Helfer daranmachen, die Monitore und Konsolen abzubauen.

»Immerhin«, meint Akono und deutete auf den Controller. »Besser als nichts.«

Mick ächzt. »Wir hätten gewonnen. Und das wären 2000 Euro gewesen und nicht nur läppische Controller!«

Da kommen Ruven und Hendrik zu ihnen.

»So wollten wir natürlich nicht siegen«, meint Ruven zerknirscht.

»Stimmt«, sagt Hendrik. »Was ist denn passiert? Bist du gestürzt, Mick?«

»Ja, aber irgendjemand hat da nachgeholfen«, erwidert Mick. »Jemand hat ein Seil über die Straße gespannt, ich bin dagegengefahren und auf dem Asphalt gelandet. Und das war die Folge.« Er deutet auf die blau angelaufene Hand, die heftig pocht.

»Und dieser Jemand könnte Dragan gewesen sein«, ergänzt Alex. »Er konnte es nicht ertragen, dass wir ihn und Sherin im Halbfinale geschlagen haben.«

Ruven hebt die Schultern. »Meint ihr wirklich? Das wäre aber eine harte Nummer.«

Hendrik hingegen meint: »Dem und seinen Leuten ist alles zuzutrauen.« Er spricht so leise, als würde das Kraftpaket Dragan direkt neben ihm stehen, die Fäuste schlagbereit gehoben. Dabei ist keiner der Darks weit und breit zu sehen. Offenbar haben auch sie die Halle bereits verlassen.

Jetzt mischt sich Jo in das Gespräch ein. »Komm jetzt, Mick, wir sollten so schnell es geht zum Arzt.«

Mick nickt müde. Ruven und Hendrik klopfen ihm

aufmunternd auf die Schultern, aber Mick nimmt das gar nicht wahr.

Statt auf dem Fifa-Thron wird er gleich im Wartezimmer eines Arztes sitzen.

Ihm kommt das alles immer noch wie ein böser Traum vor. Aber die Schmerzen in seiner Hand sind sehr real.

Vor der Halle verabschiedet er sich von Pia und Akono und geht mit Alex, Raffael und Jo zu Alex' Fahrrad, das noch immer im Gebüsch steht. An der Ecke lungern die Darks herum.

Als Mick erneut Dragans Lächeln ertragen muss, brennen ihm die Sicherungen durch. Zitternd deutet er auf den Anführer der Darks: »Du hast das Seil gespannt, du hast dafür gesorgt, dass ich nicht spielen konnte!«

»Häh, was für 'n Seil? Red keinen Müll!«, erwidert Dragan ungerührt.

Sherin stellt sich neben Dragan und zischt: »Das ist Verleumdung! Dragan, hau Mick eine rein. Der wird immer frecher.«

»Gute Idee«, meint Dragan. »Ich bin heute nämlich etwas empfindlich.« Er macht einen Schritt auf Mick zu.

»Hier haut niemand irgendjemandem eine rein«, meint Jo und stellt sich vor Mick.

Da lacht Dragan auf. »Wer bist du denn? Der Dorfpolizist, oder was?«

»Genau, warum meldest du dich? Hat jemand die Null gewählt?«, giftet Sherin in Richtung Jo. »Halt besser die Klappe, du bist doch auch nur so ein Loser wie Mick.«

Mick sieht rote Schleier vor seinen Augen aufziehen. Sein Dad ist kein Loser!

Mick vergisst den Schmerz, er vergisst jede Vorsicht – er schiebt sich an seinem Dad vorbei und stürmt auf Dragan los, um ihm mit der gesunden Hand einen Faustschlag zu verpassen, bevor Jo, Raffael oder Alex ihn stoppen können.

Rückschläge

DRAGAN WEICHT MICK behände aus und packt ihn am gesunden Arm. Zwei von seinen Leuten schnappen sich den anderen und drehen ihn Mick auf den Rücken.

Mick schreit auf.

Sherin lacht hysterisch und spuckt ihm vor die Füße, dann hebt sie die Hand, um Mick ins Gesicht zu schlagen, doch Jo und Raffael sind zum Glück schneller. Sie stoßen die Darks zurück, und Mick kommt frei.

»Schluss jetzt!«, stößt Jo mühsam beherrscht hervor. »Haut ab und lasst Mick in Ruhe.«

Dragan lacht nur, aber er wendet sich ab und gibt seinen Leuten ein Zeichen, ihm zu folgen.

»Warum?«, murrt Sherin. »Jetzt wurde es doch lustig.«

»Man muss immer dann gehen, wenn es am schönsten ist«, philosophiert Dragan.

»Diese Idioten«, meint Alex, als die Darks verschwunden sind.

»Ja, aber ihr solltet euch nicht mit denen anlegen«, mahnt Jo. »Geht ihnen aus dem Weg.«

Er schaut zu Mick. »Und wir fahren jetzt zum Arzt.«

IM STICKIGEN WARTEZIMMER mit den für Mick langweiligen Fachzeitschriften über Gartenpflege und Angeln scheint die Zeit stillzustehen. Es dauert zwei Stunden, bis Mick endlich drankommt. Seine Hand wird geröntgt.

»Es ist nichts gebrochen«, erklärt ihm anschließend der grauhaarige Orthopäde. »Es ist eine Distorsion.«

»Eine was?«, fragt Mick.

»Deine Hand ist verstaucht und ...«

»Wann kann ich wieder Fifa zocken?«, unterbricht Mick ihn.

»Wie bitte?«

Jo springt ein: »Er meint, wann er wieder mit einem Controller ein Computerspiel machen kann.«

»Ach so, nun ja, kommt darauf an. Etwa drei Wochen wirst du damit zu tun haben. Du musst das Gelenk jetzt schonen, kühlen und eine elastische Bandage tragen. Verstanden?«

Mick nickt. »Ja, verstanden.«

Dann bekommt er einen Verband mit einer schmerzstillenden Salbe sowie ein Rezept für Tabletten und darf gehen.

DRAUSSEN MEINT JO: »Hätte schlimmer sein können.«

Mick schweigt. Was kann es Schlimmeres geben, als kampflos ein Fifa-Turnier zu verlieren?

»Komm, ich lade dich zu einem Eisbecher ein«, schlägt sein Dad vor und lächelt. »Der Doc hat doch gesagt, dass etwas Kühles gut ist.«

Mick saugt die Luft ein. Ein Eisbecher? Wow, das wäre klasse, aber auch teuer. Sie haben sich seit Ewigkeiten keinen Eisbecher mehr gegönnt. Bei ihnen gibt es – wenn überhaupt – nur die große Packung aus dem Discounter.

»Echt?«, fragt er seinen Dad.

Der zwinkert ihm zu. »Echt.«

DIE EISDIELE IST GUT BESUCHT, aber Mick und Jo finden einen kleinen Tisch im hintersten Winkel. Mick bestellt Spaghetti-Eis, Jo wählt einen Krokantbecher.

Nach ein paar Löffeln der eisigen Pracht hebt sich Micks Laune ein klein wenig. Vorsichtig bewegt er die Finger unter dem Verband. Es fühlt sich schon ein bisschen besser an. Aber das ist wahrscheinlich nur Einbildung.

Da bimmelt Jos Handy.

Er schaut aufs Display und meint nur: »Oh!«

»Wer ist Oh?«, fragt Mick grinsend.

Jo lacht auf. »Sorry, das ist Patrick von den Flying Horses.«

Er wischt über das Handy und hebt es lächelnd an sein Ohr.

Mick hält für einen Moment die Luft an. Jetzt wird es spannend. Mit der heilen Hand drückt er den Daumen. Das Eis ist vergessen, Mick hat nur Augen für seinen Vater.

Der steht jetzt auf und geht ein paar Schritte weg, bis er außer Hörweite ist. Mick sieht ihm nach.

Jos Lächeln wird dünner, ein Schatten huscht über sein Gesicht. Seine Stirn liegt jetzt in Falten. Immer wieder nickt er, während seine Schultern herabsacken. Er macht eine hilflose Geste.

Mick beschleicht eine unheilvolle Ahnung.

Wieder ein Nicken von Jo. Dann ist das Gespräch beendet. Langsam, sehr langsam, kommt Jo zum Tisch zurück.

Mick sieht ihn mit großen Augen an. Er wagt nicht, zu fragen.

Jo setzt sich, starrt ins Nirgendwo. Seine Finger ruhen auf der Tischplatte und trommeln feine, kaum hörbare Wirbel.

Das Eis ist inzwischen weich geworden, die rote Soße bildet winzige Bäche in dem kleinen Vanilleberg. Mick registriert es nicht.

Schließlich räuspert sich Jo, und als er spricht, ist seine Stimme nicht mehr als ein Krächzen: »Die Horses haben sich für den anderen Drummer entschieden.«

Micks Magen krampft sich zusammen. Bitte nicht. Lass das einen blöden Scherz sein. Aber er weiß, dass es kein Witz ist. Am liebsten würde er jetzt sofort diesen Patrick anrufen und ihn beschwören, seinem Dad den Job doch noch zu geben. Jo ist schließlich der beste Drummer der Welt. Das muss eigentlich auch dieser Patrick wissen!

»Aber warum, wieso denn?«, stammelt Mick.

»Patrick hat irgendetwas von Bauchgefühl gesagt. Spielt auch keine Rolle mehr«, murmelt Jo verbittert. Seine Augen färben sich rot, Mick erkennt, dass sein Dad mit den Tränen kämpft.

Was für ein Scheißtag. Die fiese Falle, das verlorene Turnier und jetzt auch noch die Absage für Jo …

Warum kann ihre kleine Familie nicht auch mal ein wenig Glück haben? Warum immer diese Rückschläge?

Mick schiebt seinen Stuhl dichter an den seines Dads heran. Nun sitzen sie direkt nebeneinander. Mick legt den rechten Arm um Jos Schultern. So bleiben sie eine Weile sitzen. Schweigend, verloren in ihren trüben Gedanken.

AM NÄCHSTEN TAG DREHT sich in der ersten großen Pause noch einmal alles um das Fifa-Turnier und den feigen Anschlag. Mick steht mit Alex, Akono und Pia zusammen. Da kommen Ruven und Hendrik vorbeigeschlendert.

»Geht es schon besser?«, erkundigt sich Hendrik und deutet auf Micks bandagierte Hand.

»Ein bisschen«, erwidert Mick. »Bald zocke ich euch alle wieder ab.«

»Haha, da wäre ich vorsichtig«, meint Alex. »Aber mal im Ernst: Warst du schon bei der Polizei?«

»Nein, weil das nichts bringt«, antwortet Mick. »Vielleicht stecken Dragan und seine Bande dahinter, vielleicht aber auch nicht.«

»Das ist doch total eindeutig!«, meint Pia. »Die wollten sich für die Schlappe im Halbfinale rächen!«

»Mag sein, aber ich kann nichts beweisen.«

Akono bläst die Backen auf. »Ja, da ist was dran …«

»Aber irgendetwas müssen wir machen«, sagt Pia. »Wir können das doch nicht so einfach … abhaken.«

Mick seufzt. »Und was sollen wir tun?«

Für einen Moment sagt keiner etwas. Offenbar hat niemand eine zündende Idee.

Dann meint Ruven: »Kann man nicht irgendwie rausfinden, wer hinter diesen Drohanrufen steckt?«

Die anderen zucken mit den Schultern. »Wie soll das gehen?«, fragt Alex.

»Ich bin in zwei Wochen jedenfalls wieder am Start«, kündigt Mick an. »Dann trainiere ich härter als je zuvor für das nächste Turnier. Und das werde ich gewinnen, ihr werdet schon sehen!«

NACH DEM MITTAGESSEN erledigt Mick rasch und wie so oft ziemlich lustlos die Hausaufgaben. Dann probiert er den neuen Controller aus. Den Trostpreis. Das Teil ist wirklich ziemlich gut. Ein richtiges Gamepad eben.

Aber seine verletzte Hand protestiert sofort gegen die blitzschnellen Bewegungen. Nach nicht einmal 30 Sekunden muss Mick das Testspielchen abbrechen. Er wird sich definitiv gedulden müssen. Kleine Schritte sind angesagt, sonst wird vermutlich alles nur noch schlimmer.

Er legt den Controller beiseite und geht nach nebenan zu seinem Bruder.

Raffael trägt einen Kopfhörer mit Mikro und ist mitten in einem League-of-Legends-Spiel.

Mick verhält sich absolut still. Er weiß, dass er seinen Bruder jetzt nicht stören darf. League of Legends ist unendlich kompliziert und vielschichtig. Mick hat mal irgendwo gelesen, dass es das komplexeste Spiel ist, das jemals erfunden wurde. Mick kennt die Basics und wenn es Fifa nicht geben würde, hätte er sich womöglich auf League of Legends fokussiert. Aber in beiden Games gleichzeitig sehr erfolgreich zu sein, ist schlicht unmöglich, allein schon aus zeitlichen Gründen. Gute Spieler müssen täglich trainieren. Bei den Profis sind das schon mal acht bis zehn Stunden – pro Tag.

Nein, Mick wird bei Fifa bleiben, weil er sich im Gegensatz zu Raffael schon immer für Fußball begeistert hat. League of Legends ist für Mick nur ein spannender Zeitvertreib auf niedrigem Level.

Fasziniert schaut er der Schlacht auf dem Monitor zu. Gerade attackiert sein Bruder zusammen mit einem Supporter und den Vasallen zwei feindliche Champions auf der Bot Lane. Raffael und sein Teammate erledigen einen der beiden Gegner mit wuchtigen Hieben und zwingen den zweiten zur Flucht. Nun ist der Weg frei für einen Angriff auf den ersten gegnerischen Turm. Unter den wüsten Attacken beginnt dieser rasch zu bröckeln und stürzt schließlich zusammen. Raffael und sein Teamkollege rücken weiter vor.

Mick wendet sich ab, tigert weiter durch die kleine Wohnung bis ins Wohnzimmer.

Hier hockt Jo hinter dem Laptop. Mick schaut ihm über die Schulter.

Sein Dad studiert die höchst spärlichen Jobangebote für Drummer in irgendeinem Musikerforum.

»Tja, aufgeben gilt nicht«, murmelt Jo. Er klappt

den Deckel des Laptops zu und schaut Mick an: »Hausaufgaben fertig?«

»Ja.«

»Soll ich noch mal drübergucken?«, bietet sein Dad an.

»Nicht nötig«, erwidert Mick schärfer als gewollt. Er kann dieses ewige Kontrollieren nicht leiden, auch wenn er weiß, dass es Jo nur gut meint.

Sein Dad hebt abwehrend die Hände. »Hör zu, ich will doch nur, dass du einen vernünftigen Abschluss machst. Dass du dich nicht nur auf E-Sports konzentrierst. Ich möchte dich vor weiteren Rückschlägen bewahren. Ich will nicht, dass du traurig bist. E-Sports, das ist ein Traum. Ein schöner Traum, das kann ich mir denken, aber eben auch nur ein Traum.«

»Haben das Oma und Opa auch zu dir gesagt, als du dich entschlossen hattest, Drummer zu werden?«, fragt Mick.

Jo zögert mit der Antwort. »Äh, ja«, gibt er schließlich zu.

»Dann sag mir nicht, was ich tun soll«, blafft Mick und wendet sich ab. Er muss raus aus dieser Wohnung, raus aus dieser Enge, die jeden Traum zu erdrücken scheint.

Ziellos streunt er umher, wobei er allerdings darauf achtet, nicht in die Nähe des kleinen verwahrlosten Parks zu kommen, in dem sich Dragan und seine Leute so gerne aufhalten.

Dragan ... wieder wandern Micks Gedanken zum Fifa-Turnier zurück. Wie ein Film läuft alles vor seinem geistigen Auge ab. Die ersten Fifa-Spiele, die Drohungen, der zerstochene Reifen, das Seil ...

Plötzlich bleibt Mick wie angewurzelt stehen. Ihm ist etwas aufgefallen. Etwas, das ihm den Atem raubt.

Denn jetzt weiß er, wie er die Täter doch noch überführen kann!

Abrechnung auf dem Schulhof

»HEUTE IST EIN GROSSER TAG«, verkündet Mick, als er am nächsten Morgen zur Schule kommt und sein Bike abschließt.

»Ah ja«, meint Akono. »Hast du etwa mal die Hausaufgaben gemacht? Oder willst du noch schnell etwas abschreiben?«

Mick tippt sich an die Stirn. »Wie kommst du denn darauf? Ich habe die Hausarbeiten doch fast immer.«

Akono grinst nur. »Na klar. Ah, da kommen Pia und Alex.«

Dann wendet er sich wieder an Mick: »Was macht denn diesen Tag nun zu einem großen Tag?«

Mick wartet, bis auch die anderen beiden Freunde bei ihnen sind.

»Die Stunde der Abrechnung ist nah«, sagt er bedeutungsschwer.

Alex schaut Mick irritiert an. »Alles klar mit dir? Was redest du da?«

Mick hält ihm und den anderen die lädierte Hand unter die Nase. »Ich werde die Täter überführen.«

Pias Brauen wandern in die Höhe. »Wow, das klingt ja spannend. Aber wie willst du das machen, Sherlock?«

Als Mick zu einer Antwort ansetzen will, hört er ein vertrautes Geräusch. Dragans Mokick. Der Anführer der Darks hat sich über den Lenker gebeugt, um noch ein wenig schneller zu sein. Hinter ihm hockt Sherin auf der schmalen Bank. Dragan hält direkt auf die Freunde zu, sodass sie einen Schritt zur Seite machen müssen, damit Dragan ihnen nicht über die Füße fährt.

»Guten Morgen, ihr Nieten«, ruft Dragan.

Sherin sagt gar nichts. Sie nimmt den Helm ab, wirft den Freunden einen finsteren Blick zu und stapft an ihnen vorbei zum Schulgebäude.

Dragan bockt das Mokick auf und sichert es mit einer Kette. Dann nimmt er ebenfalls den Helm ab und folgt Sherin. Als er an Mick vorbeikommt, bleibt er kurz stehen und schenkt ihm ein wölfisches Lächeln.

Mick spürt Unbehagen in sich aufsteigen, aber er weicht keinen Millimeter zurück.

»Tut das noch weh?«, fragt Dragan gespielt mitleidig mit Blick auf den Verband.

»Manchmal schon.«

»Fein. Das freut mich«, erwidert Dragan. Sein Lächeln wird breiter. »Und das neue Gamepad? Ist richtig gut, was?«

Bleib ruhig, ermahnt Mick sich. Lass ihn reden.

»War ein echter Jackpot, oder?«, setzt Dragan nach.

Mick schweigt erneut. Da wendet sich der Anführer der Darks ab.

»Man sieht sich.« Er winkt in die Runde und beeilt sich, Sherin einzuholen.

»Dieser Scheißkerl«, zischt Alex. »Der macht sich auch noch über dich lustig.«

Mick seufzt.

»So, jetzt will ich aber wissen, wie du den Typ überführen willst«, verlangt Pia.

Doch erneut kommt Mick nicht dazu. Schuld ist dieses Mal der Gong, der sie in die Klassenräume ruft.

»In der ersten großen Pause erkläre ich es euch«, sagt Mick. »Bis gleich.«

MICK HAT EINE DOPPELSTUNDE DEUTSCH. Die Lehrerin ist wirklich okay, der Unterricht interessiert ihn auch, zumal Deutsch zu den wenigen Fächern gehört, in denen er ganz gute Noten hat. Aber heute sitzt er auf heißen Kohlen. Mick sehnt die erste große Pause herbei – die Stunde der Abrechnung, wie er sie selbst etwas großspurig genannt hat.

Endlich ist es so weit! Die Lehrerin entlässt sie in die Pause.

Auf dem Hof kommt Mick mit seinen Freunden zusammen. Natürlich sind alle Blicke auf ihn gerichtet.

»Jetzt spann uns doch nicht länger auf die Folter!«, verlangt Pia ungeduldig.

»Ja, sag schon, wer steckt denn nun hinter dem Ganzen?«, ruft Akono.

»Die Darks lungern da drüben rum. Beim Fahrradständer«, sagt Alex. »Willst du direkt zu ihnen gehen? Brauchst du … äh … so was wie Geleitschutz?«

Doch Mick schüttelt den Kopf. Er hat ein ganz anderes Ziel. Langsam geht er los, die anderen im Schlepptau.

Je näher er seinem Ziel kommt, umso schneller wird er, und am Schluss rennt er fast.

»Na, ihr?«, fragt er, als er Ruven und Hendrik erreicht hat, die hinten auf dem Hof stehen und an ihren Handys rumdaddeln.

»Hi, was macht die Hand?«, fragt Ruven freundlich.

Alex stellt sich dicht neben Mick und raunt in sein Ohr: »Was willst du denn von den Nerds?«

Mick beachtet seinen Freund nicht, sondern fragt Ruven und Hendrik: »Was meine Hand macht? Tut nicht so scheinheilig. Ihr seid doch froh, dass ich nicht spielen konnte.«

Hendrik klingt entsetzt. »Wie bitte?«

»He, was ist denn heute nur los mit dir?«, kommt es auch von Alex, der nicht minder verwundert wirkt.

Unbeirrt fährt Mick fort: »Ihr beide, Ruven und Hendrik, steckt hinter allem. Ihr habt dafür gesorgt, dass ich beim Finale nicht mitspielen konnte.«

»Hast du sie noch alle?«, braust Ruven auf. Er schaut auffordernd zu Hendrik. »Komm. So einen Scheiß brauchen wir uns nicht anzuhören.«

Er will gehen, doch Mick hält ihn mit der gesunden Hand fest.

»Nein, ihr werdet hierbleiben und mir zuhören.«

Ruven fixiert Mick mit einer Mischung aus Trotz und Wut, während Hendrik sich hektisch umschaut – vermutlich hofft er, bei der Pausenaufsicht Hilfe zu finden. Doch der Lehrer ist gerade in ein Gespräch mit einer Kollegin vertieft.

Mick tippt auf Ruvens Brust. »Weißt du noch, was du gestern hier auf dem Schulhof zu uns gesagt hast?«

Ruven schweigt.

»Du hast die Drohanrufe erwähnt ...«, setzt Mick seine Anklage fort. »Aber von diesen Anrufen konntest du eigentlich gar nichts wissen, weil wir dir davon nichts erzählt haben. Davon wussten nur meine Freunde und ich – und der Anrufer natürlich. Also warst du es, Ruven. Du hast mit verstellter Stimme angerufen. Du oder Hendrik.«

Die Münder der Nerds klappen nahezu gleichzeitig auf.

»Du hast dich verplappert, Ruven«, setzt Mick nach. »Und wenn du und dein Freund Hendrik hinter den Drohanrufen gesteckt habt, dann werdet ihr es auch gewesen sein, die mein Fahrrad kaputt gemacht und das Seil gespannt haben!«

»Nein, so ... so war das gar nicht«, stammelt Ruven, der nervös seine Hände knetet. »Also, wir ...« Er bricht ab, schaut zu Hendrik, der jetzt plötzlich wie gelähmt wirkt.

»Was ist? Ich höre«, sagt Mick.

Ruven holt tief Luft und Mick ahnt, dass er jetzt auspacken wird.

»Okay, es stimmt. Wir waren es«, sagt Ruven leise. Hendrik nickt nur schwach.

Als Mick das hört, spürt er ein Triumphgefühl in sich aufsteigen. Er genießt es, die Überraschung in den Augen seiner Freunde zu lesen.

»Wir wollten unbedingt das Turnier gewinnen und hatten Angst, das Finale zu vergeigen«, ergänzt jetzt Hendrik. »Wir hatten in der Gruppenphase gegen euch ja schon mal verloren und wir wollten verhindern, dass sich das wiederholt ...«

»Und deshalb habt ihr Mick mit verstellter Stimme bedroht, sein Rad demoliert und ihm eine Falle gestellt? Wegen eines Fifa-Turniers?«, fragt Alex ungläubig. »Seid ihr noch ganz dicht?«

»Ihr habt sie wirklich nicht mehr alle!«, ruft Akono außer sich. »Die Sache mit dem Seil hätte noch viel schlimmer ausgehen können!«

Pia ballt die Fäuste. »Ihr seid der letzte Dreck!«, faucht sie.

»Was machen wir jetzt eigentlich mit den beiden?«, fragt Akono.

»Wir sollten die Schule und die Eltern einschalten – und die Polizei«, sagt Pia.

»Genau. Außerdem wollen wir die Prämie haben!«, sagt Alex zu Ruven und Hendrik. »Ihr habt das Turnier schließlich nur durch Betrug gewonnen. Daher gehören die 2000 Euro Mick und mir.«

»Das finde ich auch!«, pflichtet Pia ihm bei.

Mick geht in sich. Das ist natürlich vollkommen richtig. 2000 Euro ... die Hälfte würde ihm gehören. Ein Traum.

Doch alle Träume haben sich in letzter Zeit zerschlagen, nichts hat geklappt. Warum, so fragt sich Mick mit leiser Verzweiflung, sollte es diesmal anders sein?

Neue Pläne

»ACHTUNG, ARSCHBOMBE!«, brüllt Alex und nimmt Anlauf. Dann stürmt er los, springt ab und platscht in den Pool.

Eine Wasserfontäne steigt auf, und Mick bekommt wie Akono und Pia eine Ladung ab.

Er lacht und nimmt einen Schluck von seiner Cola. Alex' Eltern sind wie üblich nicht da und so gehört der Pool ihnen. Sie können tun und lassen, was sie wollen – herrlich!

Mick lümmelt in einem Liegestuhl und lässt sich die Sonne auf den Bauch scheinen.

Drei Wochen sind nach der Abrechnung auf dem Schulhof vergangen. Inzwischen sind Mick und Alex um je 1000 Euro reicher. Ruven und Hendrik haben die Beträge sofort überwiesen.

Die beiden Nerds haben eine Menge Ärger bekommen und müssen mehrere Stunden pro Woche Sozialdienst leisten. Immer wieder haben sie sich bei Mick und Alex entschuldigt. Die Sache hat auch an der Schule für viel Aufsehen gesorgt. Ruven und Hendrik werden von fast allen gemieden. Die beiden sind wahrscheinlich gerade die einsamsten Schüler der Welt.

Mick nimmt noch einen Schluck und bewegt die Finger seiner linken Hand. Alles prima!

»He, Alex«, ruft er, als sein Freund aus dem Pool gestiegen ist. »Bist du bereit?«

»Für eine neue Arschbombe?«

»Nein, für echten Sport. E-Sports! Ich zerfetze dein Netz bei Fifa!«, kündigt Mick selbstbewusst an.

»Haha, du?« Alex trocknet sich ab. »Du willst es also wirklich wissen?«

»Klar!«

»Gut, aber ich werde dich nicht schonen wegen deiner Pfote.«

Mick erhebt sich aus dem Liegestuhl. »Das brauchst du auch nicht.«

Während Pia und Akono weiter im Pool herumtoben, geht Mick mit Alex in dessen Zimmer, das bestimmt doppelt so groß ist wie sein eigenes.

Sie starten das Spiel und hocken sich vor den Bildschirm, jeder mit seinem Gamepad.

»Mit welchem Team willst du verlieren?«, fragt Alex.

»Ich gewinne diesmal mit ... hm ... Gladbach«, antwortet Mick ganz locker.

Wieder lacht Alex. Er wählt die Mannschaft von Leverkusen, und dann geht es auch schon los.

Mick spürt keine Schmerzen, keine Einschränkungen, er ist wieder ganz der Alte. Schon gestern Abend, als er allein gezockt hat, ist alles perfekt gelaufen.

Er treibt die Kugel nach vorn, lässt eine schnelle Passstafette folgen und netzt zum ersten Mal ein – und zwar mit einem Kopfballtorpedo fast von der Strafraumkante aus. Ein echtes Traumtor, vor allem aus dieser Entfernung mit dem Kopf.

»He, bist du gedopt?«, will Alex wissen.

Er kontert rasch, und schon steht es 1:1.

Aber Mick ist wirklich wieder ganz er selbst. Wie so oft scheint er mehr für den Erfolg zu brennen als sein bester Kumpel und besiegt ihn schließlich mit 5:2.

»Ich habe dich gewarnt«, meint Mick grinsend, als das Spiel zu Ende ist. »Revanche?«

»Logo.«

Diesmal liegt Alex lange Zeit knapp in Führung, doch mit einem Doppelpack in den letzten fünf Minuten dreht Mick das Match noch zu seinen Gunsten.

»Du bist wirklich wieder gut drauf«, meint Alex anerkennend. »Wir sollten uns ganz schnell für ein neues Turnier anmelden.«

»Auf jeden Fall«, stimmt Mick zu.

Alex legt den Controller beiseite. »Aber für heute reicht es mir«, grummelt er. »Ich brauche eine Abkühlung. Ab in den Pool.«

»Gute Idee«, meint Mick und folgt ihm in den großen Garten.

GEGEN SECHS UHR verabschiedet sich Mick von seinen Freunden, denn er hat heute noch etwas anderes vor.

Er findet seinen Dad hinter der Schießbude im Wohnzimmer. Mit einem glücklichen Lächeln bearbeitet Jo seine Cymbals, die Snare und die Bass-Drum.

Als er seinen Sohn hereinkommen sieht, lässt er die Sticks sinken und nimmt den Kopfhörer ab.

»Hi, alles klar bei dir?«

»Yes«, erwidert Mick. »Ich möchte dich und Raffael gerne zu einem Eisbecher einladen.«

Jo macht große Augen. »Echt?«

»Klar, bist du dabei?«

»Natürlich«, antwortet sein Dad. »Aber ich zahle.«

Mick schüttelt den Kopf. »Diesmal bin ich dran. Ich war es schließlich, der die Siegprämie beim Fifa-Turnier abgeräumt hat.«

Jo lächelt. »Auch wieder wahr. Also, na gut, ausnahmsweise.«

AUCH IM MARKWART-VIERTEL gibt es eine Eisdiele. Es ist ein kleiner Laden mit billigem Mobiliar und gerahmten Fotografien von Venedig, von denen einige etwas vergilbt sind. Aber das Eis ist sehr gut, und das ist schließlich die Hauptsache.

Mick hat wie immer ein Spaghetti-Eis gewählt, Jo einen Krokantbecher und Raffael ein gemischtes Eis.

»Ich habe heute ein interessantes Stellenangebot gefunden«, erzählt Jo unvermittelt. »Feine Sache. Eine Band mit langjähriger Erfahrung, die Rock und Blues spielt. Erfolgreich und gut vernetzt, wie es scheint. Die machen sogar Auftritte im Ausland.«

»Klingt gut«, meint Mick.

»Ja.« Jo seufzt. »Das hat es aber schon oft und dann wurde es nichts.«

»Dieses Mal wird nichts schiefgehen«, sagt Mick überzeugt.

Sein Dad und Raffael schauen ihn fragend an.

»Na ja, ich kann dir ja jetzt wieder beide Daumen drücken, nicht nur einen«, erklärt Mick, hebt die Hände und grinst. Den Verband hat er schon seit drei Tagen nicht mehr gebraucht.

Dann legt Mick einen Arm um Jos Schulter.

»Alles wird gut, du wirst schon sehen«, sagt er leise. »Man muss nur an seine Träume glauben.«

ENDE

ports world of E-sports world of E-sports wo
orld of E-sports world of E-sports world of E-s
sports world of E-sports world of E-sports w
vorld of E-sports world of E-sports world of E-
-sports world of E-sports world of E-sports w
world of E-sports world of E-sports world of E
E-sports world of E-sports world of E-sports
s world of E-sports world of E-sports world of
f E-sports world of E-sports world of E-spor
ts world of E-sports world of E-sports world o
of E-sports world of E-sports world of E-spo
rts world of E-sports world of E-sports world
of E-sports world of E-sports world of E-spo
orts world of E-sports world of E-sports worl
d of E-sports world of E-sports world of E-sp
ports world of E-sports world of E-sports wor
rld of E-sports world of E-sports world of E-s
sports world of E-sports world of E-sports wo
orld of E-sports world of E-sports world of E-
-sports world of E-sports world of E-sports w
orld of E-sports world of E-sports world of
E-sports world of E-sports world of E-sports
world of E-sports world of E-sports world of
f E-sports world of E-sports world of E-sports
world of E-sports world of E-sports world o
of E-sports world of E-sports world of E-sport
s world of E-sports world of E-sports world

of E-sports world of E-sports world of E-spo
rts world of E-sports world of E-sports world of E-sports world
of E-sports world of E-sports world of E-sports world of E-spo
orts world of E-sports world of E-sports world of E-sports worl
d of E-sports world of E-sports world of E-sports world of E-sp
ports world of E-sports world of E-sports world of E-sports wor
ld of E-sports world of E-sports world of E-sports world of E-s
sports world of E-sports world of E-sports world of E-sports wo
rld of E-sports world of E-sports world of E-sports world of E-
-sports world of E-sports world of E-sports world of E-sports w
orld of E-sports world of E-sports world of E-sports world of E
E-sports world of E-sports world of E-sports world of E-sports w
world of E-sports world of E-sports world of E-sports world of
E-sports world of E-sports world of E-sports world of E-sports
world of E-sports world of E-sports world of E-sports world o
of E-sports world of E-sports world of E-sports world of E-sport
s world of E-sports world of E-sports world of E-sports world
of E-sports world of E-sports world of E-sports world of E-spor
ts world of E-sports world of E-sports world of E-sports worl
d of E-sports world of E-sports world of E-sports world of E-spo
orts world of E-sports world of E-sports world of E-sports wor
ld of E-sports world of E-sports world of E-sports world of E-sp
ports world of E-sports world of E-sports world of E-sports wo
orld of E-sports world of E-sports world of E-sports world of E-s
sports world of E-sports world of E-sports world of E-sports w
world of E-sports world of E-sports world of E-sports world of E-
sports world of E-sports world of E-sports world of E-sports

Über den Autor

Als **FABIAN LENK** (geboren 1963) selbst noch ein Kind war, wollte er Archäologe werden. Auch Musiker oder Schriftsteller waren mögliche Ziele. »Alles brotlose Kunst!«, lautete vielfach das Urteil. Also studierte Fabian Lenk Diplom-Journalistik und war 25 Jahre als Reporter (Sport, Politik) tätig. Parallel schrieb der glühende Fußballfan Bücher – zuerst Krimis für Erwachsene, später vor allem für Kinder und Jugendliche. Rund 200 Titel sind bisher erschienen, die in viele Sprachen übersetzt wurden. Musik macht Fabian Lenk übrigens auch. Seine eigenen Songs findet ihr auf YouTube unter FabiBeat.

Fabian Lenk wohnt mit seiner Familie in der Nähe von Bremen.

ts world of E-sports w
of E-sports world of E-sports world of E-spor
rts world of E-sports world of E-sports world
of E-sports world of E-sports world of E-spo
orts world of E-sports world of E-sports world
d of E-sports world of E-sports world of E-sp
ports world of E-sports world of E-sports wor
ld of E-sports world of E-sports world of E-s
sports world of E-sports world of E-sports wo
rld of E-sports world of E-sports world of E-
-sports world of E-sports world of E-sports wo
orld of E-sports world of E-sports world of E
E-sports world of E-sports world of E-sports w
world of E-sports world of E-sports world of
E-sports world of E-sports world of E-sports
world of E-sports world of E-sports world o
of E-sports world of E-sports world of E-sports
s world of E-sports world of E-sports world
of E-sports world of E-sports world of E-spor
ts world of E-sports world of E-sports worlc
d of E-sports world of E-sports world of E-spo
rts world of E-sports world of E-sports wor
ld of E-sports world of E-sports world of E-sp
orts world of E-sports world of E-sports wo
rld of E-sports world of E-sports world of E-sp
ports world of E-sports world of E-sports w
orld of E-sports world of E-sports world of E-s
sports world of E-sports world of E-sports w
of E-sports orts world of world of E-

Leseprobe

WORLD OF E-SPORTS:
DIE FALLE DER ASSASSINEN

Der eiserne Albtraum

GEBANNT STARRT MICK auf den großen Monitor, vor dem sein Bruder Raffael hockt. Dessen linke Finger ruhen bis auf den Daumen auf den Tasten q, w, e und r. Die rechte Hand liegt auf der Gamer-Maus.

Auf dem Bildschirm tobt eine Schlacht: League auf Legends, das blaue gegen das rote Team. Welches wird den gegnerischen Nexus als Erstes zerstören?

Raffael gehört zur blauen Mannschaft. Sein Champion Viktor, ein mächtiger Magier, steht im Fluss in der Nähe der Top Lane. Raffael ist bereit für den Angriff.

Und Mick, der Zuschauer? Der hält den Atem an. Denn jetzt stapft ein Furcht einflößender, schwarz gekleideter Krieger heran: Mordekaiser, auch »der eiserne Albtraum« genannt. Er hat seinen riesigen, grünlich schimmernden Streitkolben Nachtgrauen geschultert und rückt auf der Top Lane vor. Gerade hat er den gegnerischen Top Laner und Raffaels Teampartner mit einem vernichtenden Hieb niedergestreckt und jetzt freie Bahn.

Das glaubt er zumindest.

Begleitet wird Mordekaiser von einem Trupp kleiner roter Vasallen, die wie er nur eins im Sinn haben: den ersten Turm auf dem Weg zum Nexus der Blauen zu zerstören. Das würde Mordekaiser eine Menge Gold bringen.

»Die Narren fürchten den Tod. Die Starken machen sich ihn zunutze«, dringt seine dumpfe Stimme aus den Boxen. »Nur den Würdigen gönnt Nachtgrauen seinen Kuss.«

Auf der Höhe des Flusses stellen sich ihm und seiner kleinen Streitmacht blaue Vasallen entgegen. Doch da der blaue Top Laner vorübergehend außer Gefecht und auch sonst kein feindlicher Champ zu sehen ist, scheinen Mordekaiser und seine Vasallen leichtes Spiel zu haben.

Irrtum.

»Jetzt!«, presst Raffael hervor und lässt Viktor aus der Deckung hervorstürmen.

Der Magier mit den gelben Augen erwischt den Feind im Rücken. Mit seinem Roboterarm feuert Viktor auf den völlig überraschten Mordekaiser einen Todesstrahl ab, dem eine Explosion folgt.

Mick sieht, wie die grüne Lebensleiste des Mordekaisers in beängstigendem Tempo kürzer wird. Der schwarze Krieger lässt Nachtgrauen niedersausen, verfehlt den flinken Magier aber. Und jetzt entfesselt Viktor über die R-Taste seine fürchterlichste Waffe: den Chaossturm, der Mordekaiser den Rest gibt.

Der schwarze Kämpfer fällt nach vorn und versinkt in einer Staubwolke. Nun ist er zumindest vorübergehend außer Gefecht.

»Yes!«, freut sich Raffael.

Mick staunt, mit welcher spielerischen Leichtigkeit und Präzision sein Bruder anschließend die gegnerischen Vasallen vernichtet. Es macht wirklich Spaß, ihm zuzuschauen. Immer mal wieder beobachtet Mick Raffael bei League of Legends. Schließlich ist sein Bruder ein begnadeter Spieler. Mick zockt zwar auch gerne dieses komplexe Strategiespiel, steht aber mehr auf Fifa und hat nicht annähernd die Klasse seines Bruders. Der zieht wiederum bei Fifa gegen Mick oft mit mindestens fünf Toren Unterschied den Kürzeren.

»O Mann, ich werde auf der Mid Lane gebraucht. Dort sehen wir gerade ziemlich alt aus«, stöhnt Raffael jetzt.

Er teleportiert sich mit der D-Taste auf die mittlere Kampfbahn und kommt seiner Teammate Lux zu Hilfe. Die blonde Lady des Lichts mit den strahlend blauen Augen hat sich unter den Turm zurückgezogen und versucht, ihn mit ihren Zauberkugeln gegen drei Feinde aus dem roten Team zu verteidigen. Doch die ebenso hübsche wie gefährliche Lux ist schon erheblich geschwächt und muss über die B-Taste den Rückzug in die heimatliche Basis antreten, um nicht von den Angreifern zerschmettert zu werden.

»Verdammt!«, knurrt Raffael. »Jetzt stehe ich hier allein!«

Mick schaut unten rechts auf den Bildschirm, wo über der kleinen Übersichtskarte die Icons von Raffaels vier Teammitgliedern zu sehen sind. Zwei von ihnen sind außer Gefecht und können sich erst in zwanzig beziehungsweise vierzehn Sekunden wieder in die Schlacht stürzen. Lux ist jetzt in der Basis und tankt Energie auf. Also sind aktuell gerade einmal zwei Blaue kampfbereit: Raffaels Magier und die Bogenschützin Ashe auf der Bot Lane.

Von den Roten fehlt jedoch keiner, denn auch Mordekaiser ist wieder an Bord.

Die drei Roten von der Mid Lane rücken jetzt nach rechts zur Bot Lane, rotten sich mit den anderen beiden Teammates zusammen und bekämpfen Ashe, die sich mit ihren Eispfeilen wehrt – aber gegen diese Übermacht hat sie keine Chance. Sie wendet sich zur Flucht.

Ein kleiner Champion der Roten verfolgt sie: Tristana, ein fröhlich lachendes Kind mit einer gewaltigen Wumme. Jetzt macht Tristana dank der W-Taste einen weiten Sprung, landet direkt hinter der eisigen Ashe und verpasst ihr hinterrücks eine fette Kanonenkugel. Ashes Lebensleiste sinkt auf null.

In Windeseile rücken die Roten weiter vor und erreichen den letzten Turm auf der Bot Lane, den sie ebenfalls zu Fall bringen.

»Das geht nicht gut«, murmelt Raffael, der mit seinem Viktor zurück zum Nexus eilt, um ihn mit den anderen zu verteidigen. Denn wenn der Nexus zerstört wird, ist das Spiel verloren.

Doch er kommt zu spät, die Feinde haben einen wahren Blitzangriff entfesselt. Explosion folgt auf Explosion wie bei einem außer Kontrolle geratenen Feuerwerk, es kracht an allen Ecken und Enden. Die inneren Türme werden zerstört, dann die Inhibitortürme, und bis alle Verteidiger wieder kampfbereit sind, sind die blauen Nexus-Türme und schließlich auch der Nexus selbst zu Fall gebracht – Raffaels Team hat das Spiel verloren.

Frustriert schiebt er die Maus weg. »Das hätte nicht sein müssen.«

»Wieso?«, fragt Mick nach. »Die anderen waren ganz einfach besser, oder?«

»Waren sie nicht!« Raffael funkelt ihn gereizt an. »Wir hätten sie geschlagen, wenn wir als Team besser funktioniert hätten. Es ist immer dasselbe mit dieser Mannschaft. Wir haben zu viele Egoisten, verstehst du?«

»Nö.«

Raffael seufzt leise. »Pass auf«, sagt er, nun wieder in mildem Tonfall. »Wenn in deinem Team einige versuchen, als Solisten zu glänzen und möglichst viel Gold einzusacken, geht das nicht lange gut. Früher oder später schwächen sie durch ihren Eigensinn das gesamte Team, weil sie nicht die Mannschaft im Blick haben, sondern nur ihren persönlichen Kampf.«

Mick kratzt sich am Hinterkopf. »Als würden beim

Fußball alle elf Spieler versuchen, ein Tor zu schießen, aber nie abspielen?«

»Jetzt hast du es geschnallt«, sagt Raffael und lacht.

Er steht auf und tigert in seinem Zimmer auf und ab. Der Raum ist klein und schäbig, so wie auch der Rest der Wohnung, in der die Brüder mit ihrem Vater Jo leben. Die Bude liegt in einem hässlichen Betonklotz, der mit seinen zwölf Stockwerken das Markwart-Viertel überragt.

Mick und Raffael haben nur ein Ziel: Sie wollen beide hier raus, raus aus diesem trostlosen Loch. Erfolg haben, am besten mit E-Sports, jeder in seiner Disziplin: Mick mit Fifa, Raffael mit League of Legends. Was die Verdienstmöglichkeiten angeht, hat sich Raffael allerdings die bessere Sportart ausgesucht. Bei League of Legends kassieren Top-Stars wie der Kroate Luka »Perkz« Perkovic oder der Südkoreaner Lee »Faker« Sang-hyeok Hunderttausende, wenn nicht gar Millionen im Jahr, ob durch Gehälter, Turniere oder Werbung. Die Spiele werden von Millionen Fans verfolgt.

Die Fifa-Welt ist, das weiß Mick, in jeder Hinsicht viel kleiner, aber sie ist Micks Welt. Fifa ist sein Ding und er weiß, dass er nicht einfach zu League of Legends switchen kann und es auch nicht will, nur weil es dort mehr zu holen gibt. Und sein Vater Jo hat ihm schon früh eingeimpft, dass man nur mit etwas Erfolg haben kann, was man wirklich liebt.

Schade nur, denkt Mick bitter, dass sich bei Jo nie der große Erfolg eingestellt hat, obwohl er ein begnadeter Schlagzeuger ist. Seit Monaten schon ist er arbeitslos und die Familie muss jeden Cent zweimal umdrehen.

Micks Gedanken wandern wieder zurück zu seinem Bruder.

»Kannst du dir nicht ein besseres Team suchen?«, fragt er ihn.

Raffael schaut ihn an. »Bin schon dabei! Ich will Mitglied bei den Pentahits werden. Das ist eine Mannschaft, die bereits erfolgreich bei regionalen Turnieren ist – im Gegensatz zu meinem derzeitigen Team. Die Pentahits verdienen schon richtig Kohle oder heimsen zumindest coole Sachpreise ein. Morgen musst du mir die Daumen drücken. Da steht ein Try Out an.«

»Ein was?«

»O Mann, bei dir muss man wirklich noch an den Basics arbeiten«, sagt Raffael und grinst etwas überheblich. »Bei einem Try Out werden verschiedene Bewerber getestet, um zu sehen, wie gut die jeweiligen Spieler sind und wie gut sie ins Team passen. Das kann schon mal zwei oder drei Tage dauern. Aber bei League of Legends ist der Teamspirit nun mal sehr wichtig, das hast du ja eben selbst gesehen.«

Mick nickt. Vor Kurzem hat er mit seinem besten Kumpel Alex bei einem Fifa-Turnier mitgemischt. Er weiß, dass es oft entscheidend ist, sich auf seinen Partner verlassen zu können.

»Nur ein Platz im fünfköpfigen Team ist frei«, ergänzt Raffael. »Ich fürchte, dass ich starke Konkurrenz habe.«

Bestimmt, denkt Mick. Es gibt so viele, die von einer Karriere bei E-Sports träumen. Aber nur die wenigsten haben später wirklich Erfolg.

Mick versucht den bösen Gedanken zu verdrängen, dass sein Bruder beim Try Out scheitern könnte. Raffael ist schließlich ein wirklich guter League-of-Legends-Spieler. Er wird es schaffen!

Doch die Zweifel lassen sich nicht so einfach vertreiben. Reicht es wirklich, *gut* zu sein? Oder muss es heutzutage schon *fantastisch gut* sein? Intergalaktisch brillant?

Jo ist auch ein verdammt guter Drummer, soweit Mick das beurteilen kann. Und wo ist Jo heute, was ist aus seinen Träumen geworden?

Nein, das Drama darf sich nicht wiederholen, beschließt Mick. Er schaut zu Raffael, sieht die Zuversicht und Hoffnung in seinem Blick. Es wird schon alles gut werden. Ganz bestimmt.

world of E-sports

GRÄTSCHE
INS GLÜCK

Julien Wolff
TRAUMTREFFER!
LEON KICKT SICH DURCH
Taschenbuch
224 Seiten
ISBN 978-3-551-31698-1
Auch als E-Book erhältlich

DER 15-JÄHRIGE LEON WEISS GENAU, was er will: Profi-Fußballer werden. Für seinen Traum trainiert er hart, nutzt jede freie Minute. Mit Erfolg, denn er grätscht sich geradewegs ins Internat des FC Bayern. Leon glaubt, seinem Ziel ganz nahe zu sein, doch sein Mitschüler Sandro sieht in ihm einen gefährlichen Konkurrenten und spielt mit fiesen Tricks. Als Leon sich auch noch verletzt und das Vertrauen zu seinem besten Freund Aras schwindet, droht alles zu zerbrechen. Schließlich kommt es zu einem dramatischen Spiel, in dem es für Leon um alles geht.

WWW.CARLSEN.DE

CARLSEN

MODERNE TEENAGER UND MYTHOLOGISCHE MONSTER

DER BESTSELLER ALS COMIC!

Rick Riordan, Robert Venditti,
Attila Futaki
PERCY JACKSON 1:
DIEBE IM OLYMP (COMIC)
Hardcover
128 Seiten
ISBN 978-3-551-77561-0

IRGENDJEMAND HAT ETWAS GEGEN IHN – da ist sich Percy sicher. Ständig fliegt er von der Schule, immer ist er an allem schuld und dann verwandelt sich sogar seine Mathelehrerin plötzlich in eine rachsüchtige Furie. Wenig später erfährt Percy das Unglaubliche: Er ist der Sohn des Meeresgottes Poseidon – und die fiesesten Gestalten der griechischen Mythologie haben ihn ins Visier genommen! Percys einzige Chance: Er muss sich mit den anderen Halbgöttern verbünden.

WWW.CARLSEN.DE

CARLSEN

orld of E-sp
ports world of E-sports world
orld of E-sports world of E-sports world of E-sports wo
sports world of E-sports world of E-sports world of E-s
world of E-sports world of E-sports world of E-sports w
E-sports world of E-sports world of E-sports world of E-
s world of E-sports world of E-sports world of E-sports
E-sports world of E-sports world of E-sports world of
ts world of E-sports world of E-sports world of E-sports
of E-sports world of E-sports world of E-sports world of
rts world of E-sports world of E-sports world of E-spor
of E-sports world of E-sports world of E-sports world o
orts world of E-sports world of E-sports world of E-spo
d of E-sports world of E-sports world of E-sports world
ports world of E-sports world of E-sports world of E-sp
ld of E-sports world of E-sports world of E-sports worl
sports world of E-sports world of E-sports world of E-sp
rld of E-sports world of E-sports world of E-sports wor
-sports world of E-sports world of E-sports world of E-s
orld of E-sports world of E-sports world of E-sports wo
E-sports world of E-sports world of E-sports world of E-
world of E-sports world of E-sports world of E-sports w
E-sports world of E-sports world of E-sports world of
world of E-sports world of E-sports world of E-sports
of E-sports world of E-sports world of E-sports world of
s world of E-sports world of E-sports world of E-sports
of E-sports world of E-sports world of E-sports world o
ts world of E-sports world of E-sports world of E-sport
sports world of E-sports world of E-sports world

ts world of E-sports w
of E-sports world of E-sports world of E-spor
rts world of E-sports world of E-sports world of
of E-sports world of E-sports world of E-spo
orts world of E-sports world of E-sports world
d of E-sports world of E-sports world of E-sp
ports world of E-sports world of E-sports worl
ld of E-sports world of E-sports world of E-s
sports world of E-sports world of E-sports wor
rld of E-sports world of E-sports world of E-
-sports world of E-sports world of E-sports wo
orld of E-sports world of E-sports world of E
E-sports world of E-sports world of E-sports w
world of E-sports world of E-sports world of
E-sports world of E-sports world of E-sports
world of E-sports world of E-sports world o
of E-sports world of E-sports world of E-sports
s world of E-sports world of E-sports world
of E-sports world of E-sports world of E-spor
ts world of E-sports world of E-sports world
d of E-sports world of E-sports world of E-spor
orts world of E-sports world of E-sports worl
ld of E-sports world of E-sports world of E-spo
orts world of E-sports world of E-sports wor
orld of E-sports world of E-sports world of E-sp
ports world of E-sports world of E-sports wo
orld of E-sports world of E-sports world of E-s
sports world of E-sports world of E-sports w
of E-sports world of E-sports world of E-